台北捷運冒險記

曾佩玉——著
吳嘉鴻——圖

目錄

名家推薦

凌性傑（作家）

《台北捷運冒險記》是一本移動感十足的小說。成長過程中，交通工具的使用直接影響空間探索的能力，同時也決定了移動的速度與範圍。每個小孩心中或許都住著一個英雄，這個英雄總會試圖改變世界，力圖拯救他人的苦難，阻止悲劇發生。《台北捷運冒險記》敘述較為龐雜，情節安排多線交織，捷運場景的呈現不斷換幕。機智又勇敢的主人翁，成功解救人質，並且讓毒販繩之以法。一群孩童歷經車廂裡的奇遇，重新發現自己存在的價值，更加確認愛、溫暖、自由的力量，作者在此展現了奇情與想像。沒有大人陪同，獨自搭乘捷運意味著生命領地的開拓，成長能量正在默默滋長。

鄭淑華（國語日報總編輯）

故事利用都市捷運的縱橫交錯網絡與車站人群聚散離合的特點，巧妙的讓生活背景殊異、毫無交集的五名少年男女，因為轉乘、偶遇，陰錯陽差的交會而連結。幾名少年男女也因為這些意外的碰撞，有機會為自己當下的苦惱找尋到出口。

情節由幾條不同路線並行獨立發展，彼此又有脈絡牽引，讀者必須在閱讀中拼接與重組，以理解故事全局。這是一部極富設計性與遊戲性的小說，閱讀趣味高，如同一場紙上電玩，挑戰讀者的閱讀經驗。

1 桃子和李子

板南線

「你們知道河馬可以在水裡閉氣多久嗎？」李子問道。

媽媽想了想，回道：「我記得河馬好像常常待在水裡……我猜一天吧。」

「既然叫河馬，應該可以一直待在水裡？」爸爸這麼說。

「桃子，妳覺得呢？」李子問妹妹，但桃子低頭滑手機，沒啥反應。

「妳猜猜看嘛，隨便猜一個答案……」李子硬是糾纏著妹妹不放，桃子感覺全捷運車廂裡的乘客好像都在關注他們一家人。

她無奈的順從她哥哥，隨便猜個數字。

「五分鐘？」

李子驚嘆的猛拍手。「桃子，妳好厲害，猜對了！河馬是半水生動物，雖然在水裡很活躍，其實不能潛在水裡太久，大概五到六分鐘就一定要浮上來……」

李子開始滔滔不絕分享有關河馬的各種大小事，爸爸媽媽總是對他維持著鼓勵的微笑，而桃子只覺得很煩。

她不喜歡跟家人一起出遊，因為總是會碰上倒楣事，原因就出在她哥哥李子身上。

桃子和李子是一對雙胞胎兄妹，出生時間只差十分鐘，由於是異卵雙胞胎，他們兩人不論是性別、外型、個性……截然不同，要是不特別說明，根本看不出是兄妹。

至於他們的名字由來，在於他們的爸爸媽媽都是老師，所謂「桃李滿天下」，就這樣訂下他們的名字，桃子每次聽到爸爸媽媽說起這段取名來源，總在心裡偷偷吐槽「真是不負責任的大人」。

桃子和哥哥喜歡的事物也完全不一樣。

就像即將到來的十歲生日，她渴望能換一支新手機當生日禮物，而她哥哥竟然許願想要全家人一起到動物園玩?!

桃子知道哥哥迷上各種跟動物有關的趣味冷知識，但這可是一年一次的生日禮物耶！

真不敢相信。

爸爸媽媽向來偏心哥哥，就像今天，即使桃子極端不樂意，她還是被硬「拖」著一起去動物園慶祝生日。

明明她一點都不喜歡動物園。

全家人一大早就從家裡出發，搭捷運去動物園玩，現在她只希望不要碰上倒楣事就好，桃子默默在心底祈禱。

桃子，妳現在在哪裡？要不要出來逛街？

手機螢幕上，好朋友麗麗傳來訊息。

桃子很快回應她。

我在地獄裡。

2 摩洛哥・舒潔・薩比大魔王

松山新店線

林宇辰最近迷上新的手機遊戲「魔王和奴隸」，他在遊戲裡的名字叫摩洛哥・舒潔・薩比大魔王。

這個名字引來諸多遊戲玩家訕笑。

「你知道摩洛哥是一個國家的名字嗎？」

「你是衛生紙？幹嘛叫舒潔？」

「哈哈哈，你是『大傻逼』……」

然而，林宇辰面對諸如此類的嘲笑，不以為意，反倒覺得很有趣，因為他真實世界的名字很無聊，就是普普通通的菜市場名字。

就他所知，同校的六年級某班裡有個男生叫做張宇辰，他家鄰居某個朋友的兒子叫方宇辰……總之，這個名字就如同他本人，是個毫不起眼、隨處可被「複製」的存在。

還是網路世界比較好玩，他可以扮演任何一種角色，賦予自己各種可能的身分，變身成為他想要的樣子。

要是可以一直活在網路裡就好了，可惜他仍舊必須面對現實。

「你自己一個人坐捷運去動物園找爸爸，沒問題吧？」媽媽問道。

這已經是林宇辰的媽媽今天第三次問同樣的問題，林宇辰站在候車的月台旁邊，心想還好再一分鐘車子就要來了。

「沒問題。」他面無表情的回應。

「你爸爸說他會在一號出口等你，你知道在哪裡嗎？」

「找一下就好了。」他淡定的回應。

「你跟你爸爸會合以後，記得立刻拍一張合照，傳給我，知道嗎？」他媽媽停頓一下，又補充：「只要你們兩個就好，其他人就不必了。」

林宇辰點點頭，沒說什麼。

媽媽口中的「其他人」指的就是他爸爸前年再婚的阿姨，以及阿姨生的小妹妹圓圓。

自從三年前，他的爸媽離婚後，林宇辰每隔兩個星期的周末，會去找他爸爸見面。

坦白說，林宇辰已經對這種見面形式膩了，其實只要用網路視訊見個面、聊聊天也行，幹嘛那麼麻煩，只是他爸爸堅持還是要親自見面、抱抱他才放心，他也只好順從大人。

不過，當這種「夾心餅乾」其實有個好處，就是雙方會莫名的較勁，他可以藉此從中得利。

比如有一次，他媽媽知道他爸爸給他五百元當零用錢，她就給他六百元當零用錢，他爸爸知道他媽媽買給他一支新手機，就會帶他去買一雙新球鞋……雖然大人的競爭很無趣，他也算從中得到好處，就陪他們玩了。

不過，自從爸爸娶了阿姨，有了妹妹，而媽媽交了新的男朋友，林宇辰逐漸感受到自己的地位變得很微妙，他不再獨占好處，甚至偶爾更像個「拖油瓶」。

爸爸不再單獨和他見面，每次都會帶上阿姨，現在還會帶上妹妹，而媽媽開始幫他安排放學後的補習班，他知道他去上課的時候，媽媽會跟男朋友約會。

林宇辰只覺得大人很無聊，他其實早就對於索求父母的愛失去興趣，他覺得網路上認識的朋友有趣多了。

他們不管他最好，這樣他就可以花更多時間上網，玩遊戲，認識新朋友，看更多新奇的東西……

列車終於進站，林宇辰一等車子停好，車門打開，就迫不及待踏進車廂內。

由於這一站是第二站，車廂內的空位頗多，他隨便找個位子坐下。

「宇辰，要注意安全！」他媽媽在外面的月台上大聲叮嚀。

林宇辰心想，不知道這個列車上會不會剛好也有個人叫「宇辰」，一定會覺得他媽媽莫名其妙，幹嘛叫他的名字……

車門警示音響起，接著緩緩關上，列車啟動了，駛離月台，他逐漸看不見他媽媽的身影。

林宇辰從口袋拿出手機，接著拿出藍芽耳機戴好，迅速連上手機遊戲「魔王和奴隸」，登入。

好了，現在我是摩洛哥・舒潔・薩比大魔王。

3 喜歡做飯糰的女生

陳家輝在學校的綽號是「飯糰魔人」，她知道任何關於飯糰的大小事。

她家開早餐店，販賣各種口味的飯糰，每天早上，她會提早起床，幫忙爸爸媽媽備料，一家三口一起做飯糰，她一天可以做一百個飯糰，然後才去上學。

她很喜歡捏飯糰，還會跟爸爸媽媽一起研究飯糰口味，要怎麼搭配食材、米飯要煮多熟、飯量多寡、海苔的分量……等等。

她最喜歡的飯糰口味始終是肉鬆飯糰，簡單美味又營養，那也是她每天的早餐。

她堅持不論什麼口味的飯糰都一定要加肉鬆，媽媽還因此取笑她其實不是喜歡吃飯糰，而是愛吃肉鬆。

雖然經營早餐店很辛苦，不過她家店的生意很好，客人很多又死忠，只是她家仍生活節儉，主因是房租很貴。

爸爸媽媽的夢想就是將來存夠錢，可以買自己的房子，擁有自己的店面，成為真正的老闆，所以大部分的錢都必須存下來當買房基金。

陳家輝的零用錢很少，沒辦法像同學可以買昂貴的手機，她用的手機是爸爸媽媽不用的二手手機，而且只能打電話、拍照、玩簡單的小遊戲，除此之外沒有其他新穎的功能。

她覺得手機本來就是拿來打電話、跟親友聯繫用的工具，那些功能其實很多餘。

她用的電腦也是舊式的，她覺得只要可以上網查資料以及應付學校的功課即可。

陳家輝從來不沉迷3C產品，也不會整天泡在

網路上，太浪費時間了，因為現實中有更值得關注的事物——她家的兩隻狗狗，皮皮和亨利。

這兩隻狗狗本來都在她讀的小學附近流浪，後來被她撿回家養，本來她還想再多撿幾隻浪浪回家，被爸爸媽媽阻止了。

因為養寵物非常昂貴，尤其寵物生病花錢比人生病更多。

「為什麼？」陳家輝不懂。

「因為人有健保，可是寵物沒有。」媽媽這麼說。

有一次，皮皮因為腸胃炎在動物醫院住了三天才痊癒，那花費讓陳家輝體認到現實。

從此，陳家輝立下志願，她將來要成為一名獸醫，這樣她就可以免費幫自己家的寵物看病了。

行程滿檔的男生

4

台北車站

阿威每天的生活都很豐富，放學後得去上各種補習班的課程，連星期天也安排英語課和小提琴課。

現在，就連唯一的休假日星期六都要被剝奪了。

他媽媽要他星期六去補習數學。

阿威很生氣，但他氣的是他媽媽不遵守諾言。

「媽，妳明明答應過我，只要我數學考九十分以上，妳會帶我去淡水玩，我考了九十一分，為什麼妳反而要帶我去補習？」

「因為你可以考得更好！你答錯的題目都不難，你爸爸說，你的讀書方法可能有問題，要我幫你找個家教補強，我特地去問陳阿姨，她兒子去年上台大醫學系，就是去那個方老師家補數學，他很有名，而且一次只收十個學生，聽說每個學生都能考滿分，你去他那邊補習，數學一定會考更好！」

他媽媽長篇大論就是沒回答他的問題，阿威感到很委屈。

「那妳先帶我去淡水玩，妳答應過我的！」

「阿威，不要任性！方老師只有今天有空，他住在大安站附近，我不可能帶你去找他，又帶你去淡水……阿威，聽媽媽說，媽媽是為你好，是為你的將來著想，你現在要全心放在讀書上，用功讀書，將來才能跟你爸爸一樣讀建中、讀台大，要是能當醫生就好了，不要一直想玩，等你考上台大，想去哪裡玩都行！」

但他媽媽「苦口婆心」的勸說只讓阿威反感，因為她說過太多次了。

「我沒有一直想玩，是妳之前答應過我……」

「好了，不要說了！」他媽媽直接打斷他的話。「我們今天一定要去見方老師，爸爸很擔心你的數學成績，下次要考一百分，知道嗎？」

阿威的胸口悶痛，右手被媽媽強拉著往前走，要去搭淡水信義線的捷運，因為方老師住在大安，可是阿威想去的是淡水，那是不同的方向。

媽媽說的道理他都懂，她每天講，講到那些話他都可以倒背如流，可是，他不懂為什麼大人總是說話不算話，還理直氣壯？

媽媽總是開口閉口「為你好」，其實只是喜歡拿他的好成績到處炫耀，好像讀書考試的人是她一樣，根本不在乎他的想法。

爸爸整天不在家，早出晚歸，忙著工作，偶爾跟他說話也只會問他的學校成績，然後要他用功讀書……

沒有人在意他快不快樂。

阿威站在月台候車，右手仍被媽媽緊抓著，顯示器的螢幕上秀出還有三分鐘列車進站。

他忍不住看向另一邊的月台，往淡水方向的列車剛剛好進站了。

那輛車子將會帶他去他想去的地方，不是他的爸爸媽媽要他去的地方。

列車停下，車門開啟，乘客陸陸續續下車、上車。

這時，阿威心裡湧起一股強烈的情緒，用力扳開媽媽的手。

「我要去淡水！」他堅定的對著媽媽說，然後跑向另一邊的月台。

車門警示音響起，阿威在車門關上前一刻，進了車廂內。

「阿威！」

車門及時關上，擋住了他媽媽的叫聲。

列車緩緩往前行，阿威平穩住呼吸，沒有回頭。

雖然車內人潮擁擠，他只能勉強抓著一根柱子，幾乎動彈不得，可他的胸口不再悶痛，整個人好放鬆。

他忍不住笑了出來。

我終於可以去我想去的地方，做我想做的事。

淡

妥瑞氏症 5

板南線

「你們覺得蝙蝠的視力好不好？」李子問道。

「我記得蝙蝠是透過回聲定位，可能眼睛看不見東西？」媽媽猜測道。

「不是喔，蝙蝠的眼睛視力沒問題，只是不用來判斷空間跟獵食。」爸爸自信滿滿的說。

「你們都沒回答我的問題，我的問題是『蝙蝠的視力好不好？』，答案就是蝙蝠的眼睛功能不好，但牠們並不瞎。」李子笑著說。

「原來如此，」媽媽鼓勵的說：「李子，你知道的真多。」

「我都是從網路上看來的。」李子搖頭晃腦，理所當然的說著。

桃子默默坐在一旁滑手機。

每次李子哥哥說話，爸爸媽媽就會像現在這樣認真聆聽，好像忘記他們還有一個小孩。

以前她還會在意，會難過，現在已經習慣了，反正她也改變不了現實，不管她做什麼說什麼，爸爸媽媽只會關注哥哥。

她記得是從讀幼兒園開始，李子哥哥變得有點怪，常常做出一些怪異舉止，動來動去，發出怪聲干擾他人，完全控制不了，老師制止他也不聽。

後來，爸爸媽媽帶他去醫院檢查，醫生說他生病了。

桃子不明白，生病不是只要去看醫生、吃藥、好好休息就可以痊癒了？為什麼李子哥哥的情況卻反而越來越糟糕？

桃子變得不喜歡跟哥哥一起上學。

李子哥哥太過「引人注目」，連帶的，她也被貼上「某某人的妹妹」的標籤。

在桃子的堅持之下，爸爸媽媽終於妥協，答應讓她和哥哥讀不同的小學。

不過，哥哥的情況在上小學之後並沒有改善，爸爸媽媽在他身上投入很多心力，桃子常常覺得自己在他們眼裡是透明的，沒有人看見她。

直到升上三年級，桃子才知道哥哥罹患的病叫做「妥瑞氏症」，但她仍似懂非懂，為什麼她跟哥哥明明是雙胞胎，哥哥會生病，她卻不會呢？

大人們也從來沒跟她解釋過這個病，只會要她體諒哥哥，因為他是病人。

有次，她很生氣，對著爸爸媽媽吼叫：「要是我跟哥哥一樣生病就好了！」

當時她是發自內心的，如果她也生病，是不是就不會有差別待遇？

媽媽聽了很難過，哭了，而爸爸則是語重心長的告訴她：「桃子，沒有人想要生病，哥哥也不是自願生病，他的人生會過得很辛苦，桃子，妳是他妹妹，要學會幫助他、體諒他，好嗎？要懂事。」

桃子並沒有被說服，但她也沒有再吵鬧，只是習慣了。

她始終不明白，為什麼爸爸媽媽總認為她必須體諒哥哥，為什麼這件事是理所當然、是她的責任？為什麼她得忍受爸爸媽媽的偏愛，卻不能生氣？明明她想要的只是公平，卻好像做錯事一樣……

她不討厭李子哥哥，但偶爾她會有邪惡的念頭——要是沒有李子哥哥，我就不會被爸爸媽媽當成透明人了。

魔王和奴隸

6

松山新店線

「魔王和奴隸」是一款結合策略模擬與冒險的手機遊戲，遊戲玩家扮演魔王，統治一群奴隸。

魔王住在城堡裡，奴隸住在四周的領土內，以城堡為中心，一圈圈包圍起來。

既然是魔王，自然擁有魔法，魔王可以施展魔法賜福給奴隸，也可以降下天災給奴隸，但魔王的魔法只能對領土內的奴隸發揮效果，無法對抗外來的侵略者。

遊戲玩家只能購買武器或法器來抵抗外來者，每天，遊戲會產生五到十個新任務讓玩家攻略，只要完成一項任務，就可以獲取經驗值以及特殊道具。

擁有經驗值就能購買武器或法器，也可透過購買遊戲點數的方式來充值經驗值，但有些特殊的武器或法器必須通過完成任務的方式才可獲得。

魔王最重要的任務，就是和領地內的奴隸達成平衡關係。

魔王如果和奴隸的關係太好，奴隸極度崇拜魔王，那麼奴隸的武力值會非常低，容易被入侵者攻破；相反的，如果和奴隸的關係太差，奴隸極度厭惡魔王，那麼奴隸的武力值會非常高，進一步有可能進攻城堡，推翻魔王，game over。

魔王必須讓領地上的奴隸安居樂業，奴隸會每年繳稅，稅收越高，那麼累積的經驗值也會升高，魔王也可以調高稅率，但可能引起奴隸反彈，導致不滿情緒，必須小心使用。

魔王的第二項重要任務是保護領土內的奴隸。

遊戲會設定各種隨機的天災人禍，魔王必須以魔法或策略加以避禍，若是無法消除，會加劇奴隸對魔王的反動情緒。

魔王也可以侵略其他遊戲玩家的領土，但必須使用「攻擊性」的武器或法器才行。

遊戲玩家購買的武器或法器分為攻擊性和防禦性兩種，攻擊性的武器或法器只能用來攻擊其他遊戲玩家，不具有保護自己領土的功能，而防禦性的武器或法器則是只能用來防衛自己的領土，必須被其他玩家攻擊時才能反擊，不具備主動攻擊其他玩家的功能。

所有的武器或法器都只能二選一，只具有其中一種功能，不可兼具。

遊戲玩家若能成功攻陷另一名遊戲玩家的領地，將可以全盤接收對方的經驗值和城堡（包括統治的奴隸以及擁有的武器和法器），不過要是失敗，將全部歸零，game over。

戰爭的輸贏關鍵很微妙，不是攻擊性武器比較多比較強就一定贏，還必須看對戰魔王和奴隸之間的關係、具有的防衛性武器或法器的強度、有無遊戲設定的隨機「天助」，以及盟軍的助力等多方考量。

戰爭可以迅速結束，也可能是持久戰，可以多個魔王聯合攻擊某個魔王，也可以多個魔王協助一個魔王防禦入侵者，因此，盟友非常重要。

魔王的第三個重要任務就是建立外交關係，也只有魔王（也就是遊戲玩家本人）能使用這個功能，方法是……

「終點站松山……」

林宇辰猛地抬起頭，視線離開手機螢幕，看向四周圍，車廂內全空了，乘客都已經下車。

他太沉迷於遊戲世界，完全沒察覺自己坐過站，他本來應該在南京復興站下車，轉搭文湖線，現在竟然直接坐到終點站了。

算了，他想了想，反正這一站也是起站，松山站離南京復興站也沒差幾站，就坐原車回去即可，也不必換車。

林宇辰又低下頭，繼續玩遊戲。

現在他又是摩洛哥．舒潔．薩比大魔王了。

7

吃對食物更重要

陳家輝覺得自己和動物相處比和人類相處更自在快樂。

她家裡養了兩隻狗，一隻叫皮皮，另一隻叫亨利，牠們原本都是浪浪，在她就讀的小學附近徘徊覓食。

陳家輝覺得牠們好可憐，偷偷抱回家養，她家是開早餐店的，每天都會剩下一些沒賣完的食物，爸爸媽媽會送給需要的人，她會偷藏一些，留給皮皮跟亨利吃。

不過，爸爸媽媽很快就發現她偷養狗的事情。

他們並沒有責備她，而是跟她約定好，家裡只養得起兩隻寵物，無法再收容其他寵物了。

陳家輝很高興，因為她覺得爸爸媽媽其實也喜歡皮皮跟亨利，而不只是為了應付她才勉強留下牠們。

皮皮是一隻活潑好動的混種狗，外型看起來有點像日本柴犬，永遠安靜不下來，而亨利的性格相反，總是懶洋洋的，趴在一個角落睡覺，是隻不愛動的臘腸狗，媽媽笑說亨利應該是樹懶投胎的。

陳家輝自從養了皮皮和亨利之後，才知道養寵物有多花錢，食物還好，可是看病好貴喔。

每次她帶著牠們去動物醫院看獸醫，總要花上大筆開銷，她知道家裡經濟並不寬裕，於是有個想法——去動物醫院打工。

她常去的動物醫院的獸醫是個三十多歲的叔叔，姓張，性格開朗和善，有愛心，對動物也很有耐心，不過他聽到她的想法，笑著拒絕了。

「不行，妳現在才十一歲，要是我讓妳在這裡打工，會被罰錢，說不定還會關門大吉！」

「有那麼嚴重嗎？」陳家輝皺起眉頭。「可是，看病好貴喔，我不想加重爸爸媽媽的負擔……」

獸醫叔叔搔搔頭，想了想，說：「這樣好了，我讓妳在這裡幫一點小忙，幫忙餵食動物、幫牠們洗澡、打掃環境，然後我可以免費幫妳的寵物看病，怎麼樣？」他笑著補充：「這叫以『務』易『務』，用勞務交換勞務。」

陳家輝聽到免費兩個字，眼睛瞬間發亮，開心的答應了。

從此，她每個周末會有一天到動物醫院幫忙。

醫院裡，不僅有狗狗，還有小貓、小鳥、寵物豬、蜥蜴、倉鼠……應有盡有，好熱鬧。

陳家輝只能做一些簡單的勞力工作，不過，她從獸醫叔叔那邊學到好多照顧動物的知識，其中最重要的一點就是，不是所有食物都能餵食動物。

比如她以前喜歡用飯糰餵食皮皮和亨利，但獸醫叔叔告訴她，狗狗其實並不太能消化人類的蔬菜，容易導致消化不良，腹瀉。

「這個道理套用到人類身上妳可能比較容易懂。」獸醫叔叔說：「有些人不能吃花生，會引起嚴重過敏，腎臟病人不能吃楊桃，因為楊桃的鉀含量過高，吃了有可能致命……」

陳家輝認真的聆聽，思考。

原來吃進肚子裡的食物也有那麼多學問，就像她自己喝牛奶容易拉肚子，醫生說她有乳糖不耐症……

「像是肉食動物，草食動物和雜食動物能吃的食物種類差異巨大，如果妳讓獅子每天吃草，或是讓綿羊每天吃肉，反而對牠們有害。」

聽獸醫叔叔說到這裡，陳家輝理解的點點頭。

「我懂了，不是餵飽動物就好，而是要餵牠們吃適合的食物。」

「沒錯，」獸醫叔叔讚賞的說：「動物吃錯食物有可能喪命，所以不能只想著餵牠們『你喜歡吃的食物』，而是設身處地，給牠們『適合的食物』。」

「吃東西也不簡單呢。」陳家輝感嘆道。

「對啊，」獸醫叔叔又說：「不只是食物，動物其實有不少屬於牠們世界裡的生存規則，人類不能自私的只想到自己，應該也要為牠們著想，因為大家都生活在地球上，是命運共同體。」

陳家輝其實並不太懂獸醫叔叔最後的結論，但她覺得，既然是獸醫叔叔說的話，一定很有道理，她將來也想成為像他一樣的獸醫。

手機

8

淡水信義線

阿威很少玩樂，在他的記憶中，不是在學校，就是去補習班，他媽媽也嚴格管控他看電視或上網的時間，學校裡同學喜愛討論的遊戲或明星藝人話題，他一無所知。

他媽媽向來認為玩遊戲、追劇或者追明星藝人非常浪費時間，他應該在課餘時間去學習一些有用的才藝。

「想想看，將來你要申請好學校，面試的時候，你告訴那些老師說你平常空閒的時候都在上網、打電動，你會被錄取嗎？」他媽媽這麼說。

但阿威不以為然，學校裡有些同學又是追劇又是打電動，成績也很好，根本是他媽媽過度緊張。

反正在他爸爸媽媽心中，學業成績是人生最重要的事，將來要讀最好的大學、念最好的科系，要是能當醫生就更好了，或者到知名的企業上班，有個人人稱羨的「頭銜」，這就是他完美的未來。

「阿威，不要埋怨媽媽對你太嚴厲，媽媽是為你好，現在是你最重要的階段，不能浪費時間，永遠要領先別人一步，將來你會感激媽媽……」

阿威不知道那個「將來」什麼時候才會到，只覺得每天都很煩，不想去學校上學。

他無法參與同學們的話題，還會被同學們笑是個笨蛋、山頂洞人……被取一些很難聽的綽號，這些讓他很難過的事情，他的爸爸媽媽根本不在乎，不當一回事。

但最讓他生氣的，還是他媽媽不遵守諾言。

為了這趟淡水之旅，阿威非常認真讀書，他充滿期待，想著只要考出好成績，就可以全家人一起出遊……去哪裡都好，他只想和爸爸媽媽一起出去玩。

沒想到，他媽媽不僅食言，還要求他多補一個科目，連他唯一的休息日都奪走。

他真的忍無可忍，受不了了。

阿威站在前往淡水的捷運車廂內，眺望車窗外的風景。

淡水線的列車離開台北車站後，從民權西路站開始會從地下往上爬升，成為行駛在空中的高架軌道，自台北市一路駛向新北市。

雖然都是高架軌道，淡水線和文湖線不同，文湖線是中運量，是一個個獨立的小車廂，而淡水線則是高運量，是多個車廂連結，可以互通，和板南線一樣。

今天天氣很好，是適合出遊的日子，阿威望著車窗外的蔚藍天空，感覺心情逐漸平靜下來。

就算一個人去玩也沒關係，阿威想去淡水河畔走一走，說不定會看到海……他從來沒親眼看過海。

他的手機突然響起，他一看來電顯示，是他媽媽打來的……他皺起眉頭，不想接，可是手機鈴聲停了一下，又響起。

好煩，就算不在身邊也一直管著他……

阿威決定先在士林站下車，去廁所。

離開廁所之前，他故意將手機遺留在洗手台那裡，假裝忘記帶走。等回程的時候再過來拿，說不定還在呢……他天真的想著。

沒有手機，好像也甩掉一個負擔……阿威腳步輕鬆的回到月台候車。

然而，當駛往淡水的列車緩緩進站時，他身後卻傳來一道深厚的男聲。

「小弟弟，這是你掉的手機嗎？」

偏愛

9

板南線

「你們覺得酸性體質的人比較容易被蚊子叮嗎？」李子問道。

媽媽想了想，回道：「我記得好像是體溫高的人比較容易被蚊子叮。」

「應該是胖的人比較容易被蚊子叮吧。」爸爸這麼說。

「你們的答案都對，醫生說其實『酸性體質』或是『鹼性體質』都是唬人的東西，有五種人比較常被蚊子叮，就是體溫比較高的人、新陳代謝比較快的人、肥胖的人、皮膚比較嫩的人，還有一種就是行動不便的人，因為他們沒辦法很快趕跑蚊子。」李子流暢的說著，媽媽聽完，立刻為他拍拍手。

「原來如此，李子好厲害，懂好多。」她說。

「我是從網路上讀到的。」李子理所當然的說。

「桃子，要多跟哥哥學習，上網不要只會看影片、聊天、玩遊戲，也可以學到東西。」爸爸這麼跟桃子說，一副教育孩子的姿態，而桃子只是敷衍的「喔」一聲回應，繼續滑手機。

以前她還會生悶氣，現在已經習慣了，反正她的爸爸媽媽也不是真的在乎她的反應，他們只在乎李子哥哥。

明明都是一些很無聊的問題，爸爸媽媽卻佯裝出興致高昂的樣子，莫名其妙，桃子才沒興趣陪他們。

桃子不記得從什麼時候開始，李子哥哥喜歡問這些奇奇怪怪的問題，但在家裡，爸爸媽媽永遠偏愛他，他們只看著哥哥，好像她不存在。

因為哥哥生病了，她必須學會忍耐，學會不計較，學會禮讓。

就像這次的生日，她也是壽星，她根本不想去動物園玩，可是哥哥想去，哥哥喜歡，那麼全家人就一定要一起去動物園。

「我不想去動物園。」

「桃子，懂事一點，妳十歲了。」媽媽這麼對她說。

這也是我的生日，桃子想著，可是我卻只能得到跟哥哥一樣的生日禮物。

她看著手機螢幕上，傳來許多朋友給她的生日祝福，心底暖洋洋的，可是同時又感到有點難過。

要是現在可以偷偷跑掉就好了，她想去跟好朋友們一起練舞，然後再一起去逛街，好過在這個無趣的地方待著。

其實就算我消失，爸爸媽媽也不會發現吧，她想。

這時，忠孝復興站快到了，她先把手機收到口袋裡，準備下車。

他們搭乘的板南線列車要到忠孝復興站下車，轉乘文湖線的列車，才能抵達動物園站。

不過，李子有個突如其來的提議。

「如果搭車搭到最後一站南港展覽館站，也可以轉文湖線。」

不會吧，桃子心裡一沉，那可是要繞一大圈才能到動物園。

爸爸媽媽也覺得有點為難，他們面面相覷，很清楚這樣繞一大圈至少要多花半小時以上的車程。

「我想看飛機。」李子固執的說。

文湖線的松山機場站到中山國中站之間可以看到機場，但如果在忠孝復興站轉文湖線去動物園就不會經過那些站，自然無法看到飛機了。

桃子理解哥哥的想法，可是今天的重點應該是去動物園吧。

「李子，你真的很想看飛機嗎？」媽媽似乎動搖了，桃子趕緊說出自己的想法。

「爸爸，媽媽，如果坐到南港展覽館站再轉文湖線，這樣實在繞太遠了……」

「反正也不急嘛。」爸爸好像也被說服了，根本沒把桃子的話聽進耳朵裡。「難得來一趟，就照李子的意思好了。」

「對啊，今天是李子的生日，他最大。」媽媽也贊成了。

「好棒，我要看飛機！」李子激動的說，絲毫不管車廂內其他乘客的側目，爸爸媽媽也跟他一樣開心。

唯獨桃子板著臉，面無表情的從口袋裡拿出手機，繼續滑手機。

果然，沒有人看見我，沒有人聽我說話。

結盟

10

松山新店線

「魔王和奴隸」這款手機遊戲要求遊戲玩家必須建立外交關係，玩家可以選擇結盟，也可以選擇變成敵人，沒有中立的選項。

遊戲玩家可以和多位玩家結盟，數量不限，結盟後可以組成盟邦，同樣的，玩家可以隸屬多個盟邦，不受限制。

然而，一旦同盟邦的國家受到敵人攻擊，盟邦國必須選擇是否要參與援助，若拒絕幫忙，等同退出盟邦，同樣的，若是同盟邦的國家決定攻擊某一國或者某一盟邦，盟邦成員國必須選擇是否要加入組成大軍，聯合攻擊，若拒絕參加，一樣會被退出該盟邦。

遊戲玩家不能選擇絕對中立，意味著至少要隸屬一個盟邦，如果沒有和任何一個玩家結盟，外交關係的數值為零，等同滅國，遊戲無法繼續進行，game over，一切從頭開始。

由於遊戲的任務大多必須以盟邦為單位進行，因此遊戲玩家一開始進入遊戲，便會收到如雪片般飛來的外交訊息，請求玩家加入他們的盟邦。

林宇辰剛玩「魔王和奴隸」時，加入超過十個盟邦，但逐漸的他有了自己的小圈圈，每次上線都和固定幾個玩家一起去解任務。

他們盟邦的名字叫「真正強」，俗擱有力，取名的遊戲玩家暱稱叫「我是趙雲他爹」，林宇辰從來沒見過他，但從其他玩家對他的態度，猜測現實中的他應該是個有成就的大人。

林宇辰知道其他遊戲玩家會私下網聚，他也曾經被約過，但他每次都拒絕，因為他不希望他們知道他只是一個十一歲的小學生，他們都以為林宇辰是個大學生。

林宇辰說話刻意表現得老成，也不像小孩子一樣吵鬧，他很安靜。他喜歡被當成大人，也喜歡看那些盟友每次一起去解任務時互相抬槓，嗆聲，氣氛很熱鬧，他處在其中，不覺得孤單，彷彿那些人都陪在他身邊，那種感覺好棒。

他覺得與其說他喜歡玩「魔王和奴隸」這款遊戲，不如說，他喜歡和那些遊戲玩家一起玩。

不過，這款遊戲有個缺點，就是……

「西門站，轉乘板南線的乘客請在本站下車……」

林宇辰猛地抬頭，看向車窗外斗大的西門站三個字，他趕緊跟著人群下車。

不知不覺他又坐過站，本來應該在南京復興站下車再轉乘文湖線，現在要再坐回去嗎？

林宇辰仔細查看捷運路線圖，心想他可以在這裡轉乘板南線，到忠孝復興站再轉文湖線。

於是，他搭電扶梯到樓上的月台搭乘板南線，恰好有一輛列車進站，正是往南港展覽館方向的車子。

他跟著其他乘客走進車廂內，看見博愛座有個空位，隨即坐下，又拿出手機來玩遊戲，瞬間聚精會神，完全投入到遊戲世界裡。

現在，我又是摩洛哥．舒潔．薩比大魔王。

免費門票

11

雖然陳家輝喜歡動物，她從來沒去過動物園。

她不喜歡動物園，因為她覺得動物被關在籠子裡，好可憐。

她喜歡看獅子在原野上奔跑、鳥兒在天空成群翱翔、海豚在海裡遨遊嬉戲、企鵝在白雪覆蓋的南極洲上搖搖晃晃的走著……

即便只是透過影片觀看動物的身影，不能面對面接觸，她也覺得足夠了，就像獸醫叔叔說的，要有同理心，尊重動物的生活方式，而不是為了取悅人類，被抓到動物園裡「囚禁」，被迫作秀表演，做一些牠們根本不想做的事來換取食物，她覺得這樣好殘忍。

不過，某天一位早餐店的常客得知她喜歡動物之後，竟然要送她一張台北市立動物園的門票。

「伯伯，不用了，謝謝您。」陳家輝客氣的拒絕了，心裡是一點都不想要這份禮物。

「動物園很好玩，有各種各樣的動物，既然妳喜歡動物，就應該去增廣見聞……」

那位常客是個六十歲左右的老伯伯，姓李，家住在附近，幾乎每天都會過來她家的早餐店買早餐，為人熱情、健談，和她的爸爸媽媽都很熟。

陳家輝不想要，但她的媽媽卻代她收下禮物，還要她謝謝對方。

那天晚上，陳家輝很不高興，問她媽媽為什麼要收下門票?她又不喜歡去動物園!

她媽媽告訴她，不是喜歡不喜歡的問題，而是要學會接受他人的善意。

反正陳家輝不打算去動物園，她已經決定了。

可是自從她收下門票之後，李伯伯每次見到她，就會一直逼問她。

「妳去過動物園了嗎?好不好玩?」

要是她回答還沒去，他就會一直催促她，說門票有使用期限，一定要在期限之前去動物園，過期就無效了。

「好煩喔，我又不想去。」陳家輝私下跟媽媽抱怨，媽媽反倒勸她趕緊找個周末去動物園，不要辜負他人的禮物。

「可是周末客人很多，店裡很忙，我要留下來幫忙。」

「十點以後就沒什麼客人了，妳就那時候出門，沒關係的。」她媽媽執意的說，陳家輝覺得好為難。

「好吧。」她答應了，帶著一種妥協的心態，就當作出門散心吧。

12 威脅

淡水信義線

阿威站在台北捷運士林站的月台邊等車，準備搭車前往淡水。
雖然是獨自一人去遊玩，他心底充滿雀躍，因為他已經好久沒有出去玩了。

我要去吃淡水阿給、去逛淡水老街、去看紅毛城……他的腦中浮現各種有趣的畫面，那是在學校或補習班裡永遠無法得到的快樂。

阿威一直將爸爸媽媽給他的零用錢都存起來，今天可以好好玩樂了。

列車進站中，他興奮的等待車子停下，這時，他身後卻傳來一陣男人深厚的嗓音。

「小弟弟，這是你的手機嗎？」

阿威絲毫沒有防備，嚇一大跳。

眼前是一個頭戴棒球帽的男人，約三十歲，穿著運動外套跟牛仔褲，腳上穿球鞋，看起來像個普通叔叔，不過他看他的眼睛裡似乎不懷好意，讓阿威不自覺神經緊繃，有點害怕。

男人右手的手掌心裡放著一支手機，阿威仔細看了看，確實是他

的。

他點點頭，伸出手想拿回手機，戴帽子的男人卻反而將手機收回外套口袋裡。

「小弟弟，我們去那邊的椅子坐一下，叔叔有話想跟你說。」

阿威瞬間不知所措，呆立在原地。

通往淡水的列車停下，打開車門，乘客上上下下，不過一分鐘時間，列車已經離開了。

「可是……」阿威猶豫著。

「就聊一下……對了，小弟弟，你的名字是不是叫鄭浩威？」

阿威聽到自己的名字，震懾住，不由自主的點頭。

他怎麼知道他的名字……難道他偷看他的手機？他還知道什麼？

「那你爸爸的名字是不是叫……」戴帽子的男人突然說起阿威的家人，還提到他爸爸工作的公司，以及他家的地址等等。

阿威難以置信，不知道如何反應……這個叔叔為什麼要對他說這些？

因為他太恐慌了，只好默默跟著戴帽子的男人走到旁邊的候車椅子上坐下。

「叔叔，請你把手機還給我。」阿威小聲的說。

「好，我會還給你，可是你要先幫叔叔一個忙。」

阿威不明白。「我能幫什麼忙？」

「你幫我把某些東西交給另一個叔叔，我就把手機還給你。」

「為什麼你不自己交給他？」

「大人的世界很複雜，有一些事沒辦法自己去做，需要其他人幫忙。」

阿威並不笨，聽出戴帽子的男人話中有話，他想，如果只是一個普通的東西，為什麼不能自己交給對方，要靠一個小孩子幫忙？

說不定是很危險的東西……

這時，他看到前方有一個穿著制服的叔叔在巡邏，猜想是不是捷運的保全或警察，而且正朝著他們的方向走來。

戴帽子的男人注意到他的視線，沉著臉色說：「小弟弟，你媽媽是不是叫你『阿威』？你現在讀的小學叫……」他壓低聲音說出阿威就讀的小學名字、讀哪一班、學校位在哪裡、每天要去哪裡補習……

「要是你不肯幫叔叔這個忙，叔叔可能會很想你，會去你家或是你讀的學校找你，你希望這件事發生嗎？」

當然不希望……阿威劇烈的搖著頭，他一點都不希望爸爸媽媽或學校同學發現這個叔叔，他一點都不想再見到他！

戴帽子的男人笑了。「只要你現在幫叔叔這個忙，叔叔會把手機還給你，而且你也不會再見到我，這樣不是很好嗎？」

捷運保全叔叔從他們身旁走過了，似乎沒察覺到異狀。

阿威低著頭，克制著不叫出聲音。

「好孩子，現在跟叔叔走，我們去拿東西。」戴帽子的男人笑著說，拿出另一頂棒球帽戴到阿威的頭上，隨即硬拉著他，轉往對面的月台等車。

13 分開

南港展覽館站

「你們知不知道有一種鳥，會偷偷把自己的鳥蛋下在別的鳥的鳥窩中，讓別的鳥幫忙孵蛋，餵食小鳥？」李子問道。

「這我知道，」媽媽立刻回答他。「是布穀鳥，杜鵑科中的一種，杜鵑這一類鳥兒，會去寄生別的鳥類，讓牠們幫忙養小鳥，等鳥兒長大了，就會飛走，飛回到原生父母身邊。」

「就像小偷一樣偷偷摸摸的，而且還會把鳥窩裡原本的鳥蛋踢掉，取而代之。」爸爸接著說。

「這種寄生行為很可惡呢。」媽媽附和道。

「不過，為什麼其他鳥兒都沒發現自己的小孩被換掉了呢？真奇怪，還一直幫忙餵食布穀鳥的小孩……」李子似乎真的很不理解這種動物行為，即使孵出來的不是自己的小鳥，也同樣繼續餵食，直到鳥兒長大，飛走……

「李子，你對動物的生活習性這麼有興趣，將來要不要當個動物學家？」媽媽鼓勵的說。

「李子這麼有追根究柢的精神，只要努力，不管做什麼都可以做得很好。」爸爸附和著她說。

桃子只是默默跟在家人後面走著，完全不想參與他們的談話，好無聊，反正不管李子哥哥說什麼，爸爸媽媽的回應都差不多。

他們已經抵達板南線的終點站「南港展覽館」，這裡同時也是文湖線的起站，銜接兩條捷運路線。

由於板南線的軌道是在地下運行，而文湖線則是高架軌道，所以要從板南線走到文湖線，彷彿是從地底下一路移動到天空，中間會經過頗長的一段電扶梯。

李子是第一次來南港展覽館站，很興奮，站內相當寬敞，從大片的落地窗可以眺望外面一幢幢現代化的建築物，他驚嘆的佇足在窗邊觀看。

「爸爸，媽媽，桃子，這裡好大喔。」他說著，邊發出一種怪聲，引來周遭人的側目。

「李子，我們去搭車吧，你不是想看飛機嗎？」媽媽輕聲提醒他。

「對啊，來搭電扶梯，這電梯也挺長的，李子來搭看看。」爸爸勾住他的肩膀，帶他去搭乘電扶梯，靠右邊站著加入排隊的行列。

桃子站在最後面，看著前方的三個家人，李子哥哥一直動來動去，要是不小心摔倒，說不定後方長排的人會像骨牌一樣倒下，造成嚴重後果。

難怪爸爸媽媽一前一後緊緊抓著他的手不放。

桃子想，其實爸爸媽媽也很辛苦，每次帶著哥哥出來玩都很累，因為哥哥異常的舉止常常惹來其他人的白眼，有時候某些人會嫌他吵，還會罵他，讓大家很尷尬……

有時候，桃子不想跟李子哥哥一起出門，爸爸媽媽會因此責備她，並告訴她，不能因為他人的嘲笑就歧視李子哥哥，他們是因為不理解才排斥他，她是妹妹，應該要幫助他。

「桃子，妳要記住，哥哥是生病，他不是怪胎，他沒有做錯任何事，不要因為他跟其他人有點不同就覺得丟臉。」媽媽總是這樣提醒她。

「我沒有覺得丟臉。」只是覺得麻煩而已，桃子省略了後面那句話。

他們一家人終於來到文湖線的候車月台，這時正好有一輛列車停靠著。

文湖線和板南線不同，屬於中運量的系統，由一個個獨立的車廂連結起來，互不相通，而板南線則是高運量系統，全部的車廂都可以相通。

李子在車廂內進進出出，走進第一個車廂後，逛一下又走出來，再走進第二個車廂，這樣進進出出的，似乎無法決定要停留在哪個車廂內。

「李子，快坐好，車子快開動了。」媽媽對他說。

「我要坐最後一個車廂。」

「好，決定了就別再換了。」爸爸順著他的意思，全家人一起走向最後一節車廂。

這時，對面的月台駛進一輛列車，停靠在月台上，車門打開後，乘客們陸續下車。

車門警示音響起，這邊月台的列車準備開動了。

桃子一家人剛好走進最後一節車廂，爸爸媽媽看到有空位，立刻走過去坐下，不料……

「李子！」媽媽尖叫出聲。

李子竟然在車門關上那一刻，衝出車廂，站在月台上，調皮的對他們揮揮手，好像在送行。

爸爸媽媽很焦急，想下車，可是車子已經往前開，越開越快，越離越遠……

桃子看著李子哥哥逐漸縮小的身影，心想，果然全家人一起出來玩總會發生一些奇奇怪怪的事情……

分化手段

14

板南線

林宇辰雖然喜歡玩手機遊戲「魔王和奴隸」，但這遊戲有一點讓他很排斥，就是分化手段，包括煽動、造謠、顛覆等，發動心理戰爭。

遊戲會隨機釋放不實的謠言去破壞奴隸對魔王的信任度，並且設定魔王不能使用魔法消除謠言，必須運用策略……若是奴隸對魔王信任度太低，會導致奴隸推翻魔王的統治，game over。

遊戲玩家之間也可以運用這種分化手段去影響特定的魔王，但若是結盟國之間則不能行使。

使用這種手段可以不費一兵一卒就摧毀某個魔王，更重要的是，同盟國的成員無法出手幫忙，只能靠遊戲玩家自己想辦法解決。

林宇辰很不喜歡這種分化手段，會讓他聯想到自己的爸爸媽媽，他們總在他面前數落對方的錯誤。

媽媽總是告訴他他們會離婚是因為爸爸外遇，是爸爸對不起他們，背叛家庭。

而爸爸則是告訴他，他們會離婚是因為媽媽忙著工作，忽略家庭，早出晚歸，導致他們父子只能吃外食跟泡麵度日，她的心中根本沒有家人。

林宇辰不知道誰對誰錯，也不在乎，反正他們都離婚了，這才是現實。

況且，爸爸已經組了新家庭，媽媽也交了男朋友，他不太懂，他們還這樣互相指責對方有什麼意義？

大人就是這樣無聊，他想。

不過，他遊戲裡的盟友們知道他從來不用分化手段，都很驚訝，也覺得他單純「討厭用」這個理由，很孩子氣。

「這只是遊戲，輸贏最重要，幹嘛討厭用？」

「為什麼要討厭？你好像小孩子……」

因為被他們說「像小孩子」，林宇辰再也不提這個話題，雖然他確實是個小孩子。

「終點站南港展覽館，轉搭文湖線的乘客，請在本站下車……」

林宇辰猛然回神，發現車內竟然空無一人，他不知不覺又坐過站了，直接坐到板南線的終點站。

他趕緊下車，一邊按照站內的指示，轉往搭乘文湖線，他查了路線圖，文湖線的終點站就是動物園站。

他想，就從這裡搭車，中途也不需要轉換路線，自然也不用擔心再次坐過站，只是要繞一大圈，花比較多時間……

林宇辰倒是不擔心時間，反正他也不是很想去動物園玩，也不是很想見到爸爸跟阿姨，在車上還可以玩手遊呢。

他決定好後，一邊往文湖線的月台移動，一邊用手機傳訊息給爸爸，告知他會晚一點到動物園。

傳好訊息後，他走進停靠在月台的列車車廂內，因為是起站，空位很多。

他隨便找個位子坐下，拿出手機，低頭開始玩遊戲。

現在，我又是摩洛哥·舒潔·薩比大魔王。

15 動物的本性

「媽，我去捷運站搭車了。」

「好，小心點。」

陳家輝離開家，獨自前往捷運站，準備搭車去動物園。

因為早餐店很忙，而且周末假日爸爸媽媽都得工作，陳家輝很少和家人一起出遊。

她可以理解，家裡的經濟不允許浪費，玩樂很花錢，其實她只要跟爸爸媽媽去附近的公園走走就心滿意足了，不需要像班上同學出國去日本、去歐美國家玩，感覺他們出去玩也只是為了秀照片、拍影片跟買東西，她覺得那些事都很無趣。

她喜歡在天氣好的時候，全家人帶著家裡的兩隻狗狗皮皮和亨利去公園。

公園很遼闊，環繞著美麗的湖泊，種植一排排的樹木，有涼亭還有大片的草皮可以躺下來休息。

陳家輝每次帶著兩隻狗狗去公園，牠們都好興奮，連平時懶洋洋的亨利都精神奕奕，又跑又跳的，這邊嗅嗅那邊聞聞，一刻都停不下來。

動物還是應該在大自然裡生活，陳家輝對於平常得將牠們關在家裡感到過意不去。

公園裡有不少來遛狗的狗主人們，大家會互相打招呼，偶爾會聊聊狗兒們的情況，有的狗主人還會幫他們的狗狗相親呢。

陳家輝總是會在一旁觀察那些狗狗活動，看牠們跑跳嬉鬧玩耍的模樣，只是有一點讓她很納悶，為什麼有些狗主人會把狗狗放在嬰兒車內呢？

她原本以為那些狗狗可能受傷或生病了，可是仔細瞧，牠們都很健康，有的趴在車上，睜著圓滾滾的眼睛瞪著外面，似乎很想出來跑動……還有一些狗主人則把狗狗緊緊抱在懷裡，完全不讓牠們在地上跑，這也讓她很疑惑。

陳家輝不明白，狗狗的天性就是熱愛跑跳，牠們跑起來的速度比人類快多了，即使是一些小型的寵物犬，其實也很會跑。

牠們強健的四條腿就是為了跑而生，把牠們當成人類小嬰兒一樣放在嬰兒車內或抱在懷裡，不肯讓牠們出來活動，是出於什麼心態？

爸爸媽媽對於陳家輝的問題，似乎也沒有答案。

媽媽勉強的回答她。「也許那也是一種愛的表現。」

陳家輝更困惑了，如果真的愛狗狗，不是更應該去了解狗狗的本性嗎？怎麼反而對牠們做出違反本性的行為？那些狗主人真心覺得那樣做，狗狗會比較快樂嗎？

陳家輝思考，那些狗主人不是真心愛狗狗，他們的作為只是取悅自己，就像把動物關在籠子裡供人類觀賞，違反動物的本性，是出於人類的自私行為。

所以她真的不喜歡動物園，陳家輝無奈的想著，今天她根本不想去動物園，感覺這一趟出遊就像是為了完成學校老師吩咐的作業一樣……

希望能發生一些有趣的事情，不會浪費時間，她一邊想著，一邊走進捷運站。

16

咖啡包

台北車站

阿威又回到台北車站，被那個戴棒球帽的壞人逼著，搭車一起過來。

他說「東西」放在台北車站。

「什麼東西？」阿威忍不住好奇的問。

「你看了就知道。」

從士林站坐車回台北車站這一路上，阿威和壞蛋叔叔並肩坐著，他還伸手摟住他的肩膀，貌似感情很好，但阿威知道他是提防他逃跑。

阿威的腦中迸出各種不好的念頭，希望能有乘客發現他的處境，可是多數乘客都低頭滑手機，要不然就是在睡覺，根本沒人發現他的情況。

抵達台北車站後，阿威被壞蛋叔叔硬拉著下車，阿威刻意走慢一點，心想說不定會碰見他媽媽……然而，這一站人潮眾多，他根本看不清每一個人的面孔就被強拉著往前移動。

想到媽媽，阿威覺得很難過，媽媽現在一定急得到處找他，說不定已經報警了……也許可用手機定位找到他……不過他的手機在壞蛋叔叔身上，而且他一定關機了，這樣還能找到他嗎？

阿威不知道，可是就算用手機定位找到他，也來不及了……這個壞蛋叔叔已經知道他的名字，知道他家住在哪裡、知道他讀的學校……如果不幫他的忙，他一定不會放過他，會一直糾纏他……阿威越想越害怕，覺得一切都是因為自己太貪玩惹的禍，乖乖聽媽媽的話去補習就好了。

壞蛋叔叔帶著他來到一個擺著好多置物櫃的地方，然後他熟悉的按下密碼，打開某個櫃子，取出一個運動背包，打開來看，確認裡面的東西以後，把背包遞給阿威，要他背上。

「這是什麼？」阿威怯怯的問道。

「你可以打開來看。」壞蛋叔叔滿不在乎的說。

阿威戰戰兢兢的打開背包，裡面裝著一包包印著各種可愛圖案的飲料包，很像他爸爸媽媽在喝的即溶咖啡包。

「這是咖啡嗎？」他小心翼翼的問。

「對啊。」壞蛋叔叔理所當然的回答，貌似在忍笑。「你想喝我可以免費送你一包。」

「不用了。」阿威搖頭拒絕，關上背包的開口，按照壞蛋叔叔的要求，背好背包跟著他走。

然而，阿威不理解如果只是咖啡包，為什麼壞蛋叔叔不自己交給另一個人，要他幫忙

呢？

「放心，我找到一個小鬼幫我送貨，那群鴿子看到是個小孩，不會懷疑的。」

壞蛋叔叔拿著手機跟某個人通話，話中不停提起「鴿子」，令阿威聽得一頭霧水。

等壞蛋叔叔掛電話後，阿威鼓起勇氣問他：「鴿子是什麼？」

壞蛋叔叔用一種古怪的眼神瞪著他。

「你幾歲？」

「十一歲。」

「讀幾年級？」

「五年級。」

「讀到小學五年級還不知道什麼是鴿子?!你有智能障礙？」壞蛋叔叔嘲諷的說，還翻白眼。

阿威只好閉嘴，默默跟著他，心裡的疑惑更深了。

壞蛋叔叔口中的「鴿子」絕對不是他知道的那種鴿子，一定別具意涵，他卻不願意回答他，不想解釋，為什麼？

自由

17

文湖線　南港軟體園區站

「你為什麼不看好李子，就只顧著找位子？」

「妳為什麼不抓緊李子，他不是一直在妳身邊嗎？」

桃子默默站在一旁，冷眼旁觀爸爸媽媽互相推卸責任，數落對方沒做好，都是對方的錯。

因為李子哥哥突然衝出車廂，仍停在南港展覽館站，他們三人緊急在下一站南港軟體園區站下車，走到另一邊的月台候車，準備回南港展覽館站找他。

不過短短幾分鐘的候車時間，桃子感覺好漫長，比考討厭的科目更難熬。

每次李子哥哥的行為「不按牌理出牌」，就會鬧得全家人雞飛狗跳，而她則會被「晾」在一旁，無人聞問。

「我看我們分頭行動好了，」爸爸提議，「免得我們搭車回去，而李子剛好搭車離開，錯過了。」

媽媽贊成爸爸的想法，她也打算去聯繫捷運站的站務人員，請求他們協助。

於是，爸爸決定獨自搭車回南港展覽館站找李子哥哥，而媽媽則去這一站的出入口處找站務人員，詢問他們是否有方法尋人，而桃子就留在這裡等，說不定李子會搭車到這一站找他們。

「桃子，找到哥哥要馬上打電話給我們，知道嗎？」爸爸媽媽同時殷切的對她說。

「喔。」桃子面無表情的敷衍道，沒意見。

這不是李子哥哥頭一次有「突發狀況」，她總覺得爸爸媽媽太過大驚小怪，其實李子哥哥對認路很有一套，他也不是笨蛋，很聰明，記憶力又好，他從來沒有迷路過。

不過，李子哥哥沒有手機，爸爸媽媽沒有辦法立刻聯絡他，難怪會緊張。

李子哥哥和她一樣有自己的手機，只是媽媽要求只要全家人一起出遊，他就不能用手機，而要交給她保管。

至於桃子，他們並沒有嚴格管制，李子哥哥曾經抗議過，但他的情況特殊，抗議無效。

爸爸搭車回南港展覽館了，媽媽也離開候車月台，去捷運站的出口找站務人員，桃子獨自站在月台上，雖然周遭人來人往，她感到好孤單，好像被全世界拋棄一般。

反正我消失了也沒有人關心……

這時，一輛列車在她面前停下，車門打開。

她竟然看到李子哥哥從車廂內走出來，他笑得好燦爛，還拉著她的手。

「太好了，桃子，只有妳在，爸爸媽媽不在，我們一起去玩吧。」

「哥，你在幹嘛？爸媽很擔心你，到處找你。」

李子一聽，垮下臉。

「他們很煩，什麼都要管。」

這一點，桃子也有同感，可是她也沒辦法。

「哥，我們先在這裡等爸媽過來，再一起去動物園。」

李子生氣的甩開她的手，似乎不懂她怎麼會站在爸爸媽媽那一邊？

「不要，有他們在，我什麼都不能做，什麼都要聽他們的，好煩！今天是我的生日，我要做我自己想做的事！」

列車恰好駛入月台，車門一開，李子立刻跳進車廂內，在車內看著她。

「哥，不要這樣！」

李子不想聽她的話，直接轉身背對著她。

桃子頓時進退為難，她不能跟哥哥一起離開，卻又無法留下他。

她不知所措，車門關上，李子又搭車離開了。

桃子思考，她等一下要告訴爸爸媽媽這件事嗎？

不，要是她說了，只會被他們責備為什麼不想方法留下哥哥？為什麼不立刻打電話通知他們？

為什麼不抓住哥哥呢？

桃子，妳真沒用，連一點小事都做不好……

桃子的胸口彷彿壓了一塊大石頭，幾乎喘不過氣，她不想面對這種情況。

李子哥哥想呼吸自由的空氣，我也想啊！

桃子賭氣的搭上剛抵達月台的列車，心想去哪裡都好，反正她不想待在這裡！

真奇怪，就沒有人擔心我也會走丟嗎？

18 奇怪的女生

文湖線

林宇辰搭上捷運文湖線的列車，準備一路坐車坐到終點站動物園，途中不需要轉車換車，這意味著他可以專心享受玩手機遊戲「魔王和奴隸」，不用擔心坐過站。

然而，他才拿出手機，進入遊戲世界裡，就在下一站南港軟體園區，走進一個和他年紀差不多的女生，坐到他身邊的空位。

原本他全神貫注在玩遊戲，卻沒想到那個女生一直盯著他的手機不放。

他不得不停下來，納悶的看著她。

女生長得白淨可愛，有雙大大的眼睛，長髮綁成馬尾，穿著一身漂亮的洋裝，斜背一個包包，好像準備要去哪裡玩。

林宇辰確定自己之前從未見過這個女生。

這個女生仍盯著他的手機螢幕，突然問他：「這個遊戲好玩嗎？」

林宇辰沒料到她會開口跟他說話，一會後才反應過來，他摘下藍芽耳機。

「還可以。」他酷酷的說。

「是什麼遊戲？」

「魔王和奴隸。」

女生皺起眉頭，似乎無法想像這個遊戲的玩法。

「怎麼玩？」

林宇辰頓時陷入兩難，他可以不理她，直接換個位子坐，繼續沉浸在他的遊戲世界裡。

不過文湖線的列車是一個個獨立小車廂連結起來的，他就算換位子，還是在同一個車廂內，要是那個女生跟過來，他會更尷尬。

除非等車子停下後，趕緊出去，然後換一個車廂，這樣就可以擺脫她了，或者直接換搭下一班車也可以。

可是有必要這麼麻煩嗎？好像他怕她一樣……太懦弱了吧，就隨便應付她幾句就好了，她應該也是隨便問問。

林宇辰簡單描述一下遊戲規則，女生聽了似懂非懂，眼睛一直盯著他的手機螢幕。

「所以你在遊戲裡是個魔王？」

「嗯。」

「是這個大魔王。」她看著螢幕上的名字問。

林宇辰點點頭。

女生疑惑的偏著頭。「你知道摩洛哥是一個國家嗎？」

「知道。」

「你知道舒潔是一個衛生紙的品牌嗎？」

「知道。」

「那薩比是怎麼來的？」

「隨便取的。」

「我懂了，你是故意取這種名字，想引人注目。」

林宇辰不喜歡她那副自以為是的態度，反問道：「要不然妳會取什麼名字？」

女生想也不想就回道：「桃李滿天下。」

「啊？為什麼取那種名字？」

「我的爸爸媽媽都是老師，」女生頓了頓後，又補充：「我的名字叫桃子。」

她突然說出自己的名字，林宇辰感覺自己好像也應該自我介紹比較有禮貌。

她聽到他的名字後，抬起眉毛。

「還是你在遊戲裡的名字比較有趣。」

果然，林宇辰對她的反應毫不意外。

這時，那個女生突然直直盯著前方，動也不動，林宇辰以為她看到認識的人，沒想到她突然湊近他的耳邊說：「那個戴棒球帽的男生看起來怪怪的……」

奇怪的男生

19

文湖線

陳家輝踏進車廂後，隨即往車內移動，不站在門邊，免得擋到其他乘客。

由於是周末，車上明顯一家人的乘客變多了，雖然還剩幾個空位，她選擇讓給等一下可能會上車的老爺爺或老奶奶。

要坐車坐到終點站，陳家輝一手拉著拉環，閉上雙目休息。

這時，她突然聽到一陣喧鬧聲。

「為什麼那麼黑?文湖線應該是行駛在天空上啊!」

她睜開眼睛，循聲望去，看到一個奇怪的男生，有雙大大的眼睛，臉貼在窗戶上猛瞧著外面的景色，發出怪怪的聲音，咻咻咻，好像在模仿飛機飛過，停不下來。

文湖線捷運雖然是高架軌道，但會經過松山機場，因此從劍南路站到大直站之間會地下化，成為地下軌道，四周瞬間一片漆黑。

過了松山機場站之後，又會從地下往上爬升，繼續在高空行駛，而且可以眺望到部分的機場，同時能看到暫時停在停機坪上的飛機和直升機，這場景偶爾會引起乘客的驚嘆。

這時，陳家輝看見那個奇怪的男生大叫出聲。

「飛機耶！好多飛機！」

他的動作誇張，臉上不自然的擠眉弄眼，像是無法控制自己，對旁人的側目他似乎也很習慣，完全活在自己的世界裡。

有大人上前關心他，但他仍不斷發出怪叫聲，還有人問他的爸爸媽媽在哪裡，放著小孩不管……

陳家輝默默看著他，覺得他的神態越看越像她家的皮皮，這激起她的憐愛之心，忍不住走向他。

「你好。」她主動跟他打招呼。

他露出困惑的表情。「我不認識妳。」

「我叫陳家輝，你呢？」她大方的說。

男生偏著頭看她，好像在審視她這個人能不能信任？

「小狗其實不能吃人類的剩菜，妳知道為什麼嗎？」他突然開口問

她。

「我知道，」陳家輝侃侃而談。「狗狗的腸胃其實不太能吸收蔬菜，所以餵食牠們蔬菜，牠們未必能攝取到營養，吃再多也沒用，長期下來會營養不良，還有人類的飯菜裡面常常有大量的鹽巴，這會讓狗狗生病。」

男生露出驚訝的表情。「妳知道的好多。」

「是一個獸醫叔叔告訴我的。」她說。

這時，列車在忠孝復興站停下，這一站上下車的乘客非常多。

陳家輝站在一旁，看到男生的雙眼發亮，好像發現什麼有趣的東西。

「這一站有一個很長很長很長的電扶梯喔。」他語帶誇飾的說。

「對啊。」

陳家輝才回應一句，就看見那個男生跟著其他乘客一起下車，她沒有考慮多久，也跟著他一起走出車廂。

逃跑

20

南港展覽館站

戴著棒球帽的叔叔強押著阿威從台北車站轉搭板南線捷運，一路抵達終點站南港展覽館站。

途中，叔叔緊緊摟著他的肩膀不放，狀似親暱，在別人眼中大概以為是一對感情很好的父子或叔姪，只有阿威心裡清楚，這個叔叔是藉此控制住他，不讓他逃跑。

抵達南港展覽館站後，叔叔拿出手機聯繫某個人，詢問對方要在幾號出口等，還告知對方會讓阿威把「東西」交給他，小心「鴿子」，有任何風吹草動要及時通知他。

等他掛斷電話，阿威小心翼翼的詢問他。

「叔叔，只要我把東西交給那個人，你就會把我的手機還給我，放我走嗎？」

「當然，事情辦妥了，我留你在身邊幹嘛？」叔叔嗤笑道。

既然如此，他就把東西交給那個人，阿威心想，捷運站有那麼多人，應該不會有危險吧。

他們並肩走向五號出口。

由於南港展覽館站連結板南線和文湖線，是個大站，站內占地遼闊，中途阿威看見兩名捷運警察隊的叔叔正在巡邏。

這一刻，叔叔抓住他的手更收緊，還在他耳邊低語：「要是你敢叫出聲音，我不會放過你，也不會放過你的爸爸媽媽。」

阿威感到困惑了。

為什麼這個戴帽子的叔叔對於捷運站的保全或警察都特別警覺，好像在怕什麼？

他想到大人們平常的提醒，只有壞人才會怕警察，要小心，不要被壞人拐騙……

這時，那兩位捷運警察經過他們身邊，阿威瞥了眼他們的制服，發現制服上的警徽有「鴿子」的圖案……他立刻聯想到這個叔叔一直提到的「鴿子」，莫非指的就是警察？

原來這個叔叔正瞞著警察做壞事，也就是壞人，要是這樣，那麼他交代他做的事一定也是壞事，要他交給對方的東西也不是什麼好東西……

我不想幫壞人做壞事……阿威苦惱的想著，發現那兩個捷運警察已經走遠了，看不見蹤影，壞蛋叔叔又緊抓著他，他不敢妄動，思考有沒有辦法可以讓這個壞蛋叔叔被警察抓起來，這樣他就不用擔心被他威脅……

往五號出口移動時，阿威看見前往搭乘文湖線的指示，腦袋突然萌生一計——對了，只要把這個背包交給警察叔叔就好了！

他猜想背包裡的「咖啡包」一定不是好東西，只要給警察叔叔，可以證明那個叔叔是個壞人，警察叔叔自然會把他抓起來，他就不會到他家或他的學校找他、威脅他！

「小鬼，有沒有看到那個戴眼鏡、穿襯衫的叔叔？你走過去，把背包交給他，到時候你就自由了，想去哪裡就去哪裡，我會把你的手機放在男廁所內，你自己去拿，很簡單吧。」

阿威戰戰兢兢的點頭，腦子裡正在構思另一套計畫。

壞蛋叔叔終於鬆開他，他慢慢走向五號出口，然而，走沒幾步，他立刻拔腿就跑，跑向旁邊的通道。

雖然大人都警告不可以在電扶梯上奔跑，可現在是緊急情況，為了逃離壞人，不得不跑。

阿威一路狂奔，快跑到文湖線的月台，一輛列車正緩緩進站，另一邊的月台上則有輛正在等候乘客的列車停靠著，他趕緊跑過去，跑到最前面的車廂內，氣喘吁吁。

太好了，他開心的想著，隨便找個空位坐好，他打算在下一站下車，趕緊將背包交給捷運站的警察叔叔處理，然後拜託他們幫忙聯絡他的爸爸媽媽……

列車關門緊示音響起，車門緩緩關上，車子啟動，往前行駛。

阿威才稍微喘口氣，一道身影突然閃現，竄到他身邊的位子坐下，那人伸出手，緊緊圈住他的脖子。

他看到那頂熟悉的棒球帽，以及一雙陰狠的眼睛，瞪著他。

他頓時害怕得直發抖。

戴棒球帽的壞蛋叔叔竟然追上他了。

「小鬼，我的手裡有把刀，」壞蛋叔叔在他耳邊低聲說：「這刀子很利，劃一下你的脖子就會流出很多很多血，要是你敢亂動亂叫，你就再也見不到你的家人……」

阿威快哭出來了，他拚命忍著，不掉眼淚。

21

求救訊號 1

文湖線

桃子從南港軟體園區站上車後，找到一個空位坐下，她身邊是個跟她年紀差不多的男生，戴著一副眼鏡，長相斯文。

那個男生一直低頭盯著自己的手機看，耳朵戴著藍芽耳機，雙手在螢幕上快速的滑動著，她好奇的看著他的手機螢幕，好像是某個手機遊戲的畫面。

桃子從來沒玩過手機遊戲，她對電玩這類的東西沒興趣，總覺得花時間在打怪、升級、贏取寶物道具這種事情上，很無聊。

不過，這個男生聚精會神的模樣，引起她的注意。

「那個遊戲好玩嗎？」她忍不住出聲詢問。

那個男生終於抬起頭看她，一臉驚訝，似乎想確定是不是她在開口說話。

然後他摘下藍芽耳機，直直看著她說：「還可以。」

桃子挺意外的，還以為他不會理睬她，他們就這樣閒聊起來。

男生的名字叫林宇辰，好普通，難怪會在遊戲裡取那麼中二的名字……

這時，桃子注意到車上有件怪事……確切的說，是有兩個奇怪的人。

他們在車上的位子和桃子有點距離，一個是三十多歲的叔叔，另一個是個男生，可能跟她一樣的年紀，頭上都戴著一頂棒球帽。

那個男生的衣著看起來整整齊齊的，穿襯衫和西裝褲，腳上還穿著皮鞋，感覺像要去參加宴會、吃喜酒之類的，可是卻背著一個很不搭的運動背包，背包似乎有點重量，他身邊的叔叔緊緊摟住他的脖子，貌似感情很好，但男生臉上的表情卻是一副快哭出來的樣子，眼睛釋放出「求救訊號」——我需要幫助！

桃子對這樣的求救訊號很敏感，因為李子哥哥病情的關係，她很輕易就能捕捉到某些人需要幫忙的訊號，即使不說出口，也能體會。

她輕聲對身邊的男生說：「那個男生怪怪的……」

林宇辰扶了扶眼鏡，四處張望，一臉莫名其妙。

「哪個男生？」

桃子用眼神示意，還比個手勢要他小聲一點。

林宇辰循著她的視線看過去，終於明白她指的是誰，但他還是很納悶。

「他哪裡怪怪的？」

「我覺得他很害怕。」桃子說。

「會嗎？我看不出來。」

桃子察覺到，並不是林宇辰太遲鈍，而是整個車廂內除了她自己，其他人都沒發現那個男生可能需要幫助。

「我想幫他。」

那個戴棒球帽的男生讓桃子聯想到李子哥哥，她希望哥哥需要幫助的時候，也有陌生人願意對他伸出援手。

「妳要幫他什麼？」林宇辰完全摸不著頭緒，愣愣的問她。

「不知道，反正我覺得他需要幫忙。」

「妳會不會想太多？」

桃子看著他，說：「你也一起想辦法幫忙他。」

「啊？為什麼？」

「有人需要幫助，你要見死不救嗎？」

林宇辰露出困惑的表情。「那妳要怎麼做？」

這問題難倒桃子了，因為她還沒想到下一步該怎麼做呢。

22 抉擇

文湖線

林宇辰陷入苦惱中。

坐在他身邊這個名叫桃子的女生真的好煩人，不僅妨礙他玩遊戲，還持續騷擾他，說出一些奇怪的話，說某個男生看起來怪怪的，需要幫忙，要他也一起想辦法。

不管林宇辰怎麼看，都覺得那兩個戴棒球帽的人看起來像是父子，也可能是叔叔跟姪子吧，反正很正常啊，男人緊緊摟著孩子，很親密，感覺像是怕孩子走丟……林宇辰心底還挺羨慕的，因為他爸爸很少對他做出這樣親暱的動作，尤其在他跟媽媽離婚以後，每次見面都有點生疏，特別是他又有了新家庭、妹妹誕生了……算了，林宇辰越想越辛酸，都不想去動物園了。

「你想到方法了嗎？」桃子突然問他。

「什麼方法？」他反問。

「幫助那個男生的方法。」桃子理所當然的說。

林宇辰皺起眉頭。

「妳要不要先確定一下那個男生的情況？看人家是不是真的需要幫

忙？」他搞不懂怎麼會有這麼愛管閒事的女生。

桃子想了想。

「也對，我先確定他是不是需要幫忙……」

林宇辰還以為她會放棄，沒想到她還很認真的在想辦法去試探那兩個人……只見她突然站起來，朝他們的方向走過去，不知道要做什麼？

桃子一離開位子，一個老伯伯立刻過來坐下。

林宇辰思考著，要不要乾脆在下一站下車？

他實在不想再跟那個叫桃子的女生有牽扯，感覺她人怪怪的，不知道想些什麼，他只想安安靜靜的玩手遊……

這時，他發現桃子站在距離那兩人不遠的地方，一隻手扶著車廂內的立桿站好，面向他，另一隻手朝他招手，貌似要他快過來，她可能有話想對他說。

列車正好停下來，車門緩緩開啟，要下車就趁現在。

怎麼辦？這短短幾秒鐘，林宇辰的腦袋呈現一片混亂，他該如何抉擇？

朋友

23

忠孝復興站

陳家輝跟著那個舉止怪異的男生走出車廂，只見他跟隨著龐大人潮，一起走向電扶梯。

忠孝復興站是台北捷運的大站之一，人流繁雜，還有個電扶梯連接文湖線和板南線，由於一個是高架軌道，另一個是地下軌道，這個電扶梯相當長。

那個男生搭電扶梯時，看起來很興奮，身體不自然的扭動著，還頻頻發出咻咻咻的怪聲，引人側目。

陳家輝尾隨其後，發現那個男生搭電扶梯到下面最底層後，隨即又搭往上的電扶梯，這樣來來回回好幾次，終於引起站務人員的注意，上前關懷他，提醒他不可以在這種地方玩耍，很危險。

「小朋友，這裡不是玩遊戲的地方喔……你的爸爸媽媽呢？他們不在你身邊嗎？」

面對大人的質問，那個男生好像嚇到了，一轉身，往搭乘板南線的方向跑去。

陳家輝也快速追過去。

她看見那個男生站在板南線候車的月台旁邊，氣喘吁吁的。

陳家輝追上他後，等他的氣息平順下來，才跟他打招呼。

「你好。」

那個男生納悶的看著她。「妳是陳家輝？」

「對，是我，家族的光輝。」

「妳為什麼要跟著我？我不認識妳。」

「因為我覺得你很像我家的皮皮。」到處橫衝直撞的，她無法放著他不管。

「皮皮又是誰？」

「皮皮是一隻狗狗，是混種狗，長得像日本柴犬，牠也是我最好的朋友。」

聽到「朋友」兩個字，那個男生的眼睛發亮。

「朋友?妳想跟我做朋友？」

「對啊。」陳家輝大方的說，有何不可呢？「你叫什麼名字？」

「我叫李子。」

「李子？」好奇怪的名字。

「因為我的爸爸媽媽都是老師，他們說『桃李滿天下』，我妹妹叫桃子。」

原來如此，陳家輝仔細想想，好像也有道理。

李子觀察她，突然說一句。「我覺得妳像一隻鴿子。」

「為什麼？」陳家輝還是第一次聽到有人這麼形容她。

「和平大使……」他又說：「妳知道為什麼鴿子象徵和平嗎？」

「不知道。」

「跟聖經故事有關，妳知道諾亞方舟嗎？」

「好像是上帝降下一場大洪水，諾亞一家人打造很大的船，載著很多動物到船上避難？」

「嗯，大洪水過後，諾亞就放出鴿子去打探消息，之後鴿子飛回來，嘴巴上銜著一枝橄欖葉，象徵著和平。」

「你怎麼知道這些事？」

「我從網路上看到的。」

陳家輝左顧右盼，突然察覺到一件怪事，開口詢問：「李子，你自己一個人出來玩嗎？」

「不是。」李子又說他們全家人要一起去動物園玩。

「動物園？」陳家輝揚起眉毛，好驚訝。「好巧，我也是要去動物園，那我們一起去吧……你是不是跟家人走丟了，他們一定很擔心你？」

然而，李子似乎對去動物園這件事興趣缺缺。

「我不想去動物園。」

這時，一輛開往頂埔方向的列車緩緩進站，就停在李子面前。

車門開啟，乘客進進出出，李子迅速走進車廂內。

陳家輝沒考慮多久，也跟著他走進去。

24

求救訊號 2

文湖線

阿威感到很無助。

他被戴棒球帽的壞蛋叔叔控制住，脖子被他的手臂緊緊圈著，他的手掌心藏著一把美工刀，威脅他要是敢逃跑或大叫，就會傷害他⋯⋯

阿威光是想像脖子流血的畫面，整個人忍不住瑟瑟發抖，眼角泛淚，好害怕，好想哭。

「小鬼，不准哭，」壞蛋叔叔在他耳邊低語：「要是被其他人發現，我不會放過你！」

阿威不敢哭，勉強露出笑容，心底暗暗祈禱著：拜託，誰來幫幫我，我好怕⋯⋯

然而，車上滿滿的乘客卻沒有一個人察覺到他的困境，他們當中有的人低頭在滑手機，有的人閉眼睛睡覺，有的人則看窗外發呆⋯⋯沒有人看他一眼。

他覺得好難過，自己是如此孤單，又想起爸爸媽媽，他們現在一定很擔心他吧⋯⋯早知道就不要亂跑，乖乖去補習就好了，其實他也不是那麼想去淡水玩，只是跟媽媽賭氣⋯⋯

仔細想想，爸爸媽媽除了要他努力用功讀書，對他也沒有太過分的要求，讓他衣食無缺，他想要的東西大部分都會滿足他……

我一直被爸爸媽媽保護得太好了，現在他們不在我身邊，誰能保護我呢？誰能幫助我呢？

壞蛋叔叔的手機響起，他用另一隻手從口袋裡拿出手機，接電話。

「放心，沒跑掉，東西都還在。」

壞蛋叔叔刻意壓低聲音說話，但阿威聽得一清二楚。

「原來那地方太危險，不要驚動鴿子，換個地方……忠孝復興站……好，你應該會比我先到，這次不會再出差錯了。」壞蛋叔叔一邊掛斷電話，還更圈緊他的脖子，像在警告他，阿威幾乎無法呼吸。

我不可能逃跑了……阿威絕望的想著，我再也見不到爸爸媽媽了……

「叔叔，這是你掉的東西嗎？」

這時，一個綁馬尾的女生突然靠近他們兩人，拿出一支原子筆。

壞蛋叔叔瞥她一眼，搖頭。「不是。」

然而，阿威注意到，那個女生雖然是跟壞蛋叔叔說話，眼睛卻不時瞄著他，彷彿想對他傳達什麼訊息？

阿威不敢開口說話，怕壞蛋叔叔發現，進而傷害他，只好用眼神暗示，瞄著壞蛋叔叔的手臂，然後比個手勢，悄悄用手打橫劃一下，表達「他有刀子」的意思，希望她能看懂。

可是，那個女生聽到壞蛋叔叔的回答後，若無其事的轉頭離開了。

阿威原本懷抱希望，這瞬間希望再度破滅。

是我想太多了……他低下頭，心情灰暗，看不見光。

25 同理心

文湖線

桃子過去試探那個戴棒球帽的叔叔之後，原本想回去找林宇辰，卻發現他身邊的座位已經坐了一個老伯伯，於是她找個地方站好，扶著車廂內的直立握桿，朝他招手，要他過來一起商量「對策」。

林宇辰過了一會才站起來，走到她身邊。

他臉上的表情不是很好看，悶悶的說：「幹嘛？」

桃子搞不懂他在想什麼，不過她現在有更重要的事得做，要先告訴他她的「大發現」。

她在他耳邊講悄悄話。「那個男生有危險。」

林宇辰皺眉頭。「妳怎麼知道？」

「他身邊那個叔叔用刀子威脅他。」

林宇辰再問一次。「妳怎麼知道？」

「他告訴我的。」桃子聳聳肩。

由於李子哥哥的病情，桃子在他身邊，逐漸學會解讀哥哥的「求救訊號」，常常他會無法控制自己的行為，無法順利的對外界表達他的心情，更多時候，他會試圖用非語言的方式跟外界溝通，桃子就這樣讀懂了哥哥無聲的身體語言，哥哥偶爾會用手勢對她「比手畫腳」，暗示他的需求，因為不想被爸爸媽媽聽到。

林宇辰很快的瞄一眼那兩個戴棒球帽的人，回頭後，低聲問她：「妳認真的？」

「當然。」

「幹嘛多管閒事？要是妳搞錯了怎麼辦？」

「不怎麼辦，頂多被罵、丟臉或是尷尬，可是要是我能幫到一個人呢？」

「妳確定嗎？我還是覺得……」

林宇辰猶豫不決的，而桃子非常堅決。

「我希望以後如果我需要幫助的時候，有人會願意對我伸出援手。」

那個戴棒球帽的男生露出一種無助的眼神，會讓桃子聯想到李子哥哥，偶爾哥哥會用那樣的眼神看著四周圍，他彷彿被關在一個與世隔絕的世界裡，沒人可以理解他的需求。

她真心希望，如果哥哥需要幫忙的時候，他身邊會有人幫忙他，因此，她願意成為一個對他人伸出援手的人。

「可是我們能做什麼？我們只是小孩子！」林宇辰苦惱的說。

桃子不以為然，這跟大人或小孩無關，而是既然他們發現了他的困境，就應該盡力幫助他……當然，桃子也希望車廂上其他大人能發現這件事，大人當然能做更多的事。

不過，桃子不敢打草驚蛇，如果她沒搞錯，那個叔叔正用刀子在威脅那個男生，他才不敢逃跑或大叫。

其實桃子也害怕自己會碰上危險，要怎麼在保護自己的前提下，幫助那個男生呢？

「要不然我打電話報警？」桃子從口袋裡拿出手機。

林宇辰搖頭。

「這樣太慢了，車子一直在動，而且也不知道他們會在哪一站下車……」他想了一下，也掏出手機。「我看我們還是找救兵好了……」

桃子看著他迅速登入那個叫「魔王和奴隸」的手機遊戲裡，不知道他想做什麼？

找救兵

26

文湖線

林宇辰決定留下來幫助那個奇怪的女生，雖然他不知道兩個小孩子能做什麼，不過就如同她所說，「我希望以後如果我需要幫助的時候，有人會願意對我伸出援手」。

能做多少就試試看吧，盡其所能。

他決定進入遊戲裡，尋求盟友的幫忙，他們都是大人，應該可以提供一些有用的建議吧。

現在，我又是摩洛哥．舒潔．薩比大魔王了。

林宇辰發現幾個比較熟的盟友剛好集結起來，正準備一起去解任務，他們看到他上線，立刻和他打招呼。

「薩比，你來的正好，一起去南部的黑暗森林打怪，這次的寶物很珍貴，可以提升不少魅力值，而且只有今天才有。」

蒙娜麗「殺」大魔王率先跟他開口，她都叫他薩比，他則叫她娜姐。

「我今天來找你們不是為了解任務，有別的事情請你們幫忙。」

「啥事？借錢以外的都可以談。」

尼朵很遜大魔王每次開口閉口都會提到錢，林宇辰也不知道他現實中到底是窮人還是有錢人，他都直接叫他尼朵。

「有人有危險，我需要你們給建議。」

「危險？」我是趙雲他爹大魔王每次說話都喜歡貼一堆奇怪的表情符號，然後再補上一句，「你惹上什麼麻煩？」

林宇辰從未見過他，但據說他現實是個在某間半導體大廠工作的工程師，也不知道是真是假，他都叫他雲爹。

「不是我……」

林宇辰快速的將在捷運上碰到的事告知他們三人。

「等一下，你根本不認識他們，怎麼確定小孩有危險？」娜姐質疑他。

「他看起來很害怕。」

「說不定是剛剛被爸爸罵過，才一副快哭的樣子，」尼朵說道：

「你們根本沒有證據，不要多管閒事，搞錯你們就慘了，說不定惹禍上身。」

「可是我朋友說那個大人用刀子威脅小孩……」

「你朋友的年紀跟你一樣大嗎？」雲爹這麼問他。

「嗯，差不多。」

「兩個小孩子不要輕舉妄動，先尋求身邊的大人幫忙。」雲爹緊接著提醒他。

「可是要怎麼……」林宇辰猛的停下話語，反應過來。「你怎麼知道我……」

「你不用緊張，我們早就都猜到你是個小孩子。」娜姐笑道。

「很簡單，只有小孩子才想裝大人。」尼采接著說。

雖然他們看不到他的臉，應該可以猜到他此刻臉頰紅通通。

他們三人開始集思廣益，幫他出點子。

「你的手機是什麼牌子？」雲爹問他，林宇辰說出自己的手機品牌。

「你朋友呢？」

林宇辰瞥了眼桃子的手機，快速回答。

「這樣好了，你仔細聽清楚，」雲爹開始詳細說明：「你朋友的手機有個同品牌的手機共有的功能，你叫她用她的手機拍一張那兩個人的照片，上傳到社交空間，註明小孩很危險這個情況，然後開啟共享功能，這樣一來，只要在附近使用同一品牌的手機用戶，比如跟你們搭同一個車廂的乘客，都會接收到相同的照片訊息。」

「這方法不錯，讓其他乘客也知道情況緊急，總比你們兩個小孩單打獨鬥好。」娜姐贊成。

「要是那個戴棒球帽的男人也用同一品牌手機，怎麼辦？」尼朵提醒道。

林宇辰趕緊看向那個戴棒球帽的叔叔，他正低著頭滑手機……幸好不是同一個品牌的。

「謝謝你們的建議。」他決定將這方法告知桃子。

「先別謝，祝你好運，要注意自己的安全。」雲爹酷酷的說。

三個盟友繼續結伴去解任務，而林宇辰則離開遊戲世界，回到現實。

西門町

27

板南線

陳家輝跟著李子搭上往頂埔方向的捷運，兩人站在角落，閒聊。

「李子，你想去哪裡？」

「西門町。」李子露出有些靦腆的表情說：「我一直很想去西門町玩，可是我爸爸媽媽不准我去。」

「為什麼？」

「他們說我是病人，最好不要去那種熱鬧的地方。」

「你生了什麼病？」

「妥瑞氏症。」他說。

陳家輝第一次聽到這個病名，不過就她短暫的觀察，發現李子大部分的時候看起來很正常，但有時候身體會突然抽動，臉部擠眉弄眼，持續發出一些怪聲，就算提醒他，他也控制不了自己。

「為什麼生病就不能去熱鬧的地方？」陳家輝無法理解，不准去西門町，卻可以去動物園，是什麼道理？

李子無奈的聳聳肩。

「沒關係，我陪你去。」陳家輝直率的說，李子感激的看著她。

搭乘捷運前往西門町的途中，李子告訴她一個關於蝸牛的趣聞，他說有些人為了美容會讓蝸牛在臉上爬行。

「蝸牛跟美容有什麼關係？」陳家輝不懂其中的關連。

「據說蝸牛會分泌含有黏液素的黏液來潤滑，黏液素富有醣蛋白，那可以保溼。」

李子說得頭頭是道，然而陳家輝懷疑他真的明白其中含意。

「你怎麼知道？」

「我從網路上看到的。」

陳家輝發現，李子所知道的事情大部分是從網路上獲得的，這意味著什麼呢？

她其實並不真的理解，內心卻隱約為他心疼。

兩人抵達西門町之後，由於陳家輝之前和朋友來過幾次，她熟悉的帶著他在巷弄內穿梭。

今天是周末假日，人潮洶湧，大多是年輕人，這裡有各式各樣的潮店和美食，但陳家輝察覺到，李子想來西門町其實另有意圖。

當他們經過一間大型電影院時，李子彷彿變身成一尊雕像，停駐在電影院門口，動也不動。

「怎麼了？你想看電影？」

李子瞬間露出畏怯的眼神。「我從來沒有進過電影院看電影。」

陳家輝很驚訝。「一次都沒有嗎？」

他搖頭。「爸爸媽媽說不可以。」

「為什麼？」

「因為我會打擾到別人。」

陳家輝終於明白李子想來西門町的緣由，他真正想做的是進電影院看電影。

對一般人來說，只是一件稀鬆平常的休閒娛樂，沒想到對李子來說，卻是一個奢侈的渴望，是不可以做的禁忌。

陳家輝發自內心同情他。

「你想看什麼電影？」

李子好像被蜜蜂螫到一樣，嚇一跳，他劇烈的搖頭。

「我不可以進電影院。」

「誰規定的？只要你有買票就可以進電影院看電影。」

「媽媽說會被大家罵……」他小聲的說。

「那是罵你的人有錯，不是你的錯！」陳家輝堅定地說。

李子的眼眶溼潤，直直瞅著她。

「你想看什麼電影？我請你。」陳家輝大方的說。

「我想看……」

李子挑了一部熱門的日本動畫片，陳家輝雖然之前已經看過了，仍再陪他看一遍。

暗號

28

文湖線

我為什麼那麼倒楣？

我只是想去淡水玩，為什麼會碰上這種事情？

我平常都很乖，都聽爸爸媽媽的話，用功讀書，每天上補習班，明明是媽媽不遵守諾言，為什麼是我被懲罰？

太不公平了……

阿威自怨自艾的想著，腦袋裡充滿各種負面思維，甚至覺得爸爸媽媽可能已經放棄找他了，不要他了，不然為什麼到現在還沒找到他呢？

他會被這個壞蛋叔叔逼著做壞事，變成一個壞人，之後被警察叔叔抓走，去監獄坐牢……監獄是一個什麼樣的世界？

那是一個阿威全然陌生的世界，他越想越害怕，一些只從新聞上看過的詞彙不斷從他的腦裡蹦出來，彷彿預告了他往後的黑暗未來，不見天日。

他會被學校同學排擠，他不敢去學校上學了……

阿威瞄了眼身邊的壞蛋叔叔，他用一隻手緊緊圈著他的脖子，另一隻手則熟練的在滑手機，沒有注意他。

如果可以趁機逃跑就好了，他想著，可是壞蛋叔叔的手上有刀子……

這時，阿威發現剛才那個綁馬尾的女生正和一個戴眼鏡的男生在竊竊私語，偶爾會轉頭看向他們。

本來阿威還以為自己想太多，然而，有一刻他和那個男生對上眼，那個男生迅速閃避，假裝若無其事，這下阿威真正確定了，他們兩人一直在觀察他跟壞蛋叔叔。

他又悄悄瞄了眼旁邊的壞蛋叔叔，他專心在看手機，絲毫沒察覺到異狀。

所以，他們想幫忙我嗎？

阿威原本黯淡的心情頓時燃起希望之火，期盼的看著他們，渴望能從他們身上得到一些訊息，給他一個安心的暗號。

他看見他們交頭接耳，好像在討論什麼，各自拿出手機來……然後，那個綁馬尾的女生轉頭過來，拿出手機快速朝他們拍一張照片。

他和她的眼神交會那一瞬間，女生朝他笑了笑，右手比個「OK」的手勢。

雖然可能只有短短一秒，女生很快轉開頭，彷彿什麼事情都沒發生過，阿威仍然接收到了那個手勢想傳達的訊息——放心，沒事了。

我不是孤單一個人，有人注意到我，而且想幫助我……

確認這件事後，阿威心底的陰霾一掃而空，甚至感到熱血沸騰。

他不想輸給這個壞蛋叔叔。

社交空間

29

文湖線

桃子聽了林宇辰教她的方法，半信半疑。

她以前從不知道自己的手機還有這樣的功能。

「你說是誰教你這個方法？」

「是我認識的一個遊戲玩家，他很厲害，在一家很大的半導體公司當工程師。」

「什麼公司？」

林宇辰安靜幾秒才回復。「不知道。」

「會不會是詐騙？」桃子記得大人常常警告他們網路上有很多詐騙手段，要他們小心。

聽到桃子質疑他的朋友，林宇辰有點生氣。

「要騙妳什麼？又不是放妳的照片，是放那兩個人的照片！」

「可是，這種方法會洩漏我的身分吧……」桃子不免有點擔心。

「反正我已經告訴妳方法，妳自己決定要不要用。」林宇辰賭氣的轉開頭。

桃子考慮一分鐘，覺得這方法確實有風險，畢竟上傳照片到社交空間，能被多數人瀏覽，意味著有可能招來網友「公審」，要是她弄錯了，不只可能被罵翻，就連她的家人和朋友都會知道她闖禍……

她看了眼那個戴棒球帽的男生，他一臉絕望的表情，她想相信自己的直覺，就算會被眾人謾罵恥笑，她也要試試看，她不能放棄他。

桃子拿起手機，快速朝著那兩個人拍一張照片，然後上傳到她的社交空間，並且開啟共享功能，這樣一來，附近和她擁有同樣品牌手機的手機用戶，通通都能接收到這張照片。

她在照片下方，打下幾行字：請幫幫這個戴棒球帽的男生，他有危險，被身旁的男人用刀子控制！

打完字之後，她抬起頭，正好和那個戴棒球帽的男生對上眼睛，她朝他笑了笑，還比個「ＯＫ」手勢。

她已經盡力了，只希望有人能接收到她發出的求救訊息……會有人回應嗎？

30 各自的煩惱

文湖線

因為桃子一開始質疑他的方法，林宇辰滿生氣的，尤其她不相信他的盟友，還覺得是詐騙，連帶的他感覺她也在懷疑他。

不過，她最後還是採用了他的方法，這又讓林宇辰有點擔心，畢竟這確實是挺冒險的，會對陌生人暴露她的身分跟位置。

「好了，我已經傳出照片，就看有沒有人會回應我……」桃子爽快的說，邊滑著手機。

林宇辰的手機品牌和她的不同，因此無法接收到她的照片，不清楚結果如何，也不知道能不能順利把訊息傳遞出去……按照雲爹的說法，這只有短距離的空間才有效果，意味著在這車廂內用著和桃子同一品牌的手機的用戶才有機會接收到照片跟訊息……不可能沒有乘客用同一個牌子的手機吧，他想著，可是如果這方法沒用，該怎麼辦呢？

林宇辰開始煩惱了，突然意識到，自己竟然不知不覺認真的關心這件事……

「對了，妳搭捷運要去哪裡？」他好奇的問。

「本來我們全家人要一起去動物園玩……」

林宇辰驚訝得睜大眼睛。「好巧，我也是要去動物園！」

「是喔。」桃子並沒有太意外，大概覺得會搭這條捷運路線的小孩子，大多是要去動物園或是去搭貓纜。

「那妳的家人呢？」

「走失了。」她若無其事的說。

「妳跟家人走失了？那妳有聯絡他們嗎？」

「沒關係啦，不重要……」她面無表情，讓林宇辰一時間不知道如何接話。

「你呢？你一個人去動物園玩？」她反問他。

「我去找我爸爸，他在動物園等我。」

桃子皺眉頭。「你爸爸為什麼不跟你一起去，要在動物園等你？」

「因為我爸跟我媽離婚了，我跟我媽媽住，我偶爾才跟我爸見面。」他盡量一副不以為意的口氣說著，桃子一聽，不說話了。

林宇辰看了一下手機螢幕，他爸爸之前傳訊息給他，告訴他，他跟阿姨和妹妹先進動物園裡玩，等他到了再聯絡他。

果然如他所料，這趟動物園之旅有沒有他參與都沒差別……

「其實我不太想去動物園……」他坦率的說。

桃子附和道：「我也是，是我哥想去，他想去，我們全家人就要一起去，我爸我媽都只聽他的，我喜不喜歡不重要……」

林宇辰聽到她這麼說，心情好複雜，原來大人說「家家有本難念的經」是真的。

桃子的手機響起，好像有人傳訊息給她，她的臉色看起來不太好，不知道發生什麼事情？

林宇辰在心底默默祈禱，希望雲爹提供的方法有效，真的能幫到那個戴棒球帽的男生，要是沒用，他也不知道該怎麼辦了……

看電影

31

陳家輝和李子選擇看一部日本動畫片，內容描述一群寵物為了拯救牠們的主人，團結起來對付壞蛋的故事。

故事幽默有趣，電影院的觀眾笑聲連連，陳家輝聯想到家裡的兩隻狗狗，也看得很開心。

電影裡最受矚目的就是一隻很會模仿人類說話的鸚鵡，非常討喜。

「妳知道鸚鵡為什麼會模仿人類說話嗎？」李子突然問道。

陳家輝想了一下說：「獸醫叔叔說因為鸚鵡的發聲器官很特別，可以發出多種複雜的聲音，而且牠的舌頭是圓的，跟一般鳥類的尖舌頭不同，很軟又靈活，可以發出簡單的音節聲音，可以模仿各種聲音，包括人類說話的聲音。」

李子點點頭，「妳說的沒錯喔，鸚鵡不是會學人說話，而是牠們的模仿能力很強，人類飼養的鸚鵡才會模仿人類說話，這是因為被人類訓練學習的關係。」

「噓，別說話。」

旁邊有觀眾要他們安靜點，陳家輝和李子立刻住嘴，不再討論。

然而，陳家輝察覺到李子的狀況變得怪怪的。

他原本很專心在看電影，跟著劇情大笑，可是，開始會發出一種怪聲，咻咻咻的，像是飛機飛過去的聲音，持續不斷。

由於戲院內滿溢著笑聲，多數觀眾不以為意，但李子卻在全場安靜看電影時也發出聲音，終於引起某些觀眾的反感。

「誰那麼吵？安靜一點！」

「是誰家的小孩？爸爸媽媽不管嗎？」

「很吵耶！閉嘴啦！」

但李子就是無法控制自己，停不下來。

陳家輝坐在他身邊，觀察到李子的情況，他越是緊張，想要停止，就越是難以控制自己的行為。

她終於明白為什麼他說自己是病人。

她聽著周遭此起彼落的謾罵聲，心裡很難過。

她猛然從座位站起來，面對觀眾。

「對不起，我朋友生病了，請大家體諒他。」

可她這個舉動反而惹火了影院內的觀眾，引來更多噓聲。

「搞什麼？不想看電影就出去，不要妨礙別人！」

「有病就回家，幹嘛出來看電影！」

「誰去叫工作人員進來管一管……」

面對這些叫囂，陳家輝很生氣，還想說些什麼，卻發現李子輕輕拉了下她的手臂，搖搖頭。

「我出去好了，不要吵架。」他低聲說。

「可是……」

李子從座位起身，跟大家說對不起，然後快步走出影廳。

陳家輝看他離開，立刻跟著走出去，心想他一定很傷心，該如何安慰他呢？

勇氣

32

文湖線

一旦知道自己並不孤單，知道有人嘗試要幫助自己，阿威心底的恐懼一點一點褪去，產生反抗的意志。

他不想輸，不想屈服，不要讓壞蛋叔叔得逞。

阿威安靜的思考自己的處境。

首先，他的手機在壞蛋叔叔的手上，裡面有很多關於他的私人資料，一定要想辦法拿回來，否則壞蛋叔叔會知道更多他的事情。

還有，為了避免壞蛋叔叔日後跑來他家或者去他的學校騷擾他，造成他和家人的麻煩，他要想辦法讓壞蛋叔叔被警察抓起來。

不過最大的問題是，壞蛋叔叔的手上有刀子，要怎麼保護自己的安全、拿回自己的手機，而且在脫困以後又能讓警察把他抓起來呢？

他絞盡腦汁，還是想不出一個萬全的方法。

阿威瞥了眼身旁的壞蛋叔叔，他正專注的看著手機，完全沒注意到外界的情況。

他記得，之前壞蛋叔叔跟某個人通電話的時候，提到要在忠孝復興站見面，然後把他的背包交給他……要是能在那時候把他們抓住，是不是就是「人贓俱獲」？

他看了一下車外面，黑漆漆的，目前正抵達松山機場站，也就是接下來再過兩個站……中山國中、南京復興，然後就會到忠孝復興站了。

不知道有沒有辦法把這個訊息傳達出去？

這時，他發現那個綁馬尾的女生正好轉頭過來看他，四目交接時，她對他比個「ＯＫ」的手勢，貌似要他安心，她已經做了某些事幫忙他……

阿威的胸口湧起一股熱潮，冒著可能會被壞蛋叔叔發現的風險，鼓起勇氣，悄悄的伸出右手，指向車門上方的到站資訊顯示器，然後又比個「3」。

那個女生皺起眉毛，歪著頭，似乎不明白他在暗示什麼。

列車停下了，乘客上上下下。

阿威不放棄，又一次比向車門，然後比個「3」。

車門警示音響起，車門關上，列車緩緩向前行。

這一刻，阿威的手勢轉成比個「2」。

馬尾女生揚起眉毛，好像懂了，對他比個「OK」的手勢，迅速轉開頭。

阿威的心臟怦怦亂跳，緊張到簡直像要從胸口跳出來。

他偷瞄著身邊的壞蛋叔叔，幸好他沒發現……

不知道她是不是真的明白他的意思，因為再過兩站，就要抵達忠孝復興站，到時候，壞蛋叔叔就會帶他下車了……

33 回應

文湖線

桃子的手機發出聲響，她一看，是爸爸媽媽傳訊息給她，問她有沒有看到李子哥哥。

桃子感到好無奈，才不過十幾分鐘，就這樣緊迫盯人……她好像可以理解李子哥哥的心情了。

她覺得自己被爸爸媽媽忽視，相反的，李子哥哥覺得自己被爸爸媽媽嚴格管控，一舉一動都得按照他們的意思做，幾乎無法喘息。

她猜想，或許哥哥並不是真的想去動物園，而是偷偷計畫半途落跑，獲得一點自由的空間去做他想做的事情。

而李子哥哥真心想做的事情是什麼呢？

桃子發現自己並不瞭解他，或許爸爸媽媽也一樣，沒有看到李子哥哥的內心。

她不想對爸爸媽媽說謊，也不想背叛哥哥，於是，她選擇沉默。

爸爸媽媽提到他們已經告知捷運站務人員，和李子哥哥走失了，他們會開始進行協尋，也會幫忙聯絡捷運的保全人員和捷運警察隊……

桃子看到捷運警察隊這個字眼，聯想到那個戴棒球帽的男生，如果她可以告訴警察叔叔，他有危險……可是警察叔叔會相信她嗎？畢竟她只是一個孩子……

這時，她看向那個戴棒球帽的男生，比個手勢要他安心，對方則悄悄地舉起手，指向列車車門，然後又比個「3」。

桃子頓時一頭霧水，不明白他的暗示。

列車目前正好停在松山機場站，這一站有什麼特別嗎？

車門關上，列車往前行駛。

那個戴棒球帽的男生並沒有放棄，他又比個「3」，接著改成比個「2」。

桃子恍然大悟，松山機場站是「3」，而離開松山機場站之後，變成「2」……莫非，再經過兩站……中山國中、南京復興，然後就會到忠孝復興站，那就是他們的目的地!?

桃子朝他比個手勢，表示自己了解他的意思，然後她悄聲告訴林宇辰。

「他們會在忠孝復興站下車。」

「誰？」林宇辰沒有反應過來。

「那個戴棒球帽的男生跟他身邊那個大人。」

「妳怎麼知道？」

「那個男生告訴我的。」

林宇辰仍是半信半疑，「好吧，就算是真的，我們要怎麼做？快到了……」

桃子還在思考方法，她的手機又響起，原本以為是爸爸媽媽或是朋友傳訊息給她，她一看，好驚訝。

她把手機遞給林宇辰，低聲說：「你看，有回應了！」

文湖線

林宇辰注意到，捷運車廂內有幾名乘客不時朝他們兩人這邊張望，他們一邊看手機，一邊疑惑的看著他們。

然後，桃子興奮的將手機遞給他看，還在他耳邊小聲說話。

「你看，真的有人回應了。」

林宇辰迅速接過手機，仔細查看螢幕，手指頭輕輕滑著。

網友在桃子發布的那張照片底下熱烈回應，有各式各樣的反應，讓人看得眼花撩亂。

這是惡作劇嗎？小孩子不要亂開玩笑！

妳長得好可愛……叔叔可以保護妳。

有證據嗎？要是弄錯會惹禍上身喔！

「怎麼辦？要回覆他們嗎？」桃子猶豫不決，畢竟第一次成為眾所矚目的對象，不知道接下來還會發生什麼事？

「現在沒時間想東想西了，反正妳都PO上去了，很多人都看到了，光靠我們沒辦法幫他，還是要大人幫忙才行……妳就把事情說清楚，老實說出來，一定會有人願意相信。」林宇辰真誠的說。

桃子想了想，雙眼直直看著他，說：「你要一直陪著我喔。」

林宇辰忍不住臉紅了。「當然，是我出的主意啊。」

「好。」桃子深吸口氣，下定決心，開始快速的打字。

林宇辰在一旁觀看，她正在跟網友們互動。

我說的是事實，那個戴棒球帽的男生有危險，他被身邊的男人用刀子威脅，而且他們會在忠孝復興站下車，不知道會發生什麼事情，請大家幫幫忙！

網友們的回應也很迅速，一下子全湧上來，還提醒他們要小心。

這麼嚴重？

寧可信其有……我會在下一站下車，報警，提醒捷運警察隊的要注意，妳知道他們下車以後要去哪裡？做什麼嗎？

桃子回應。

我不知道。

沒關係，現在開始交給大人處理，你們兩個孩子要注意安全，大人會保護你們。

然後，有一張照片發布到桃子手機的公共社交空間，林宇辰也看見了，是他跟桃子的合照。

林宇辰嚇一跳，左右張望，發現車廂內有幾個乘客同時望向他們兩人，對他們微笑，其中有人還對他們比個大拇指，像是在稱讚他們做得很好。

確認有大人接收到他們傳出的求救訊號，林宇辰終於放下心中的一塊大石頭。

他和桃子四目相接，露出會心一笑，桃子握住他的手，彷彿藉此傳達謝意。

林宇辰有些不好意思，其實他也只是轉述雲爹提供的方法而已……

「忠孝復興站，轉乘板南線的乘客請在本站下車……」

這時，列車正好抵達忠孝復興站。

列車停下，林宇辰看見那個戴棒球帽的男人忽然站起來，緊拉著身旁同樣戴棒球帽的男生，兩人一起走出車廂……

34 心願

西門町

李子快步走出影廳，陳家輝尾隨其後，心想他一定很難過，該怎麼安慰他呢？

陳家輝走到電影院門口，看到李子就蹲在旁邊的巷子，還以為他在偷哭，沒想到他正在逗弄一隻虎斑貓。

他輕輕搔著貓咪的肚子，露出很溫柔的微笑。

他看一眼陳家輝，輕聲說：「貓咪的呼吸頻率比人類快四倍，心跳的速率則快兩倍，牠們看起來移動敏捷，輕盈，可是心臟很容易生病的，而且不容易被發現……一旦心臟生病，就沒辦法活動了，好可憐……」他摸摸貓咪的頭，貓咪叫了幾聲，無聲的跑走了。

李子一直看著貓咪消失無蹤，似乎很羨慕牠的自由自在。

「李子，你還好嗎？」陳家輝小心翼翼的問道。

「我沒事，謝謝妳陪我一起看電影，完成我的心願，要是只有我一個人，我不敢進去電影院。」他誠摯的說。

陳家輝一聽，為他心疼，如此簡單的一件事，對他來說卻得鼓起多大的勇氣……

「那些人罵你，不是你的錯，是他們不對……」

李子搖搖頭。

「是我不對，我明明知道我是病人，我知道可能會發生什麼事，卻還是要進電影院看電影，爸爸媽媽說的沒錯，我會打擾到別人，是我太自私了……」他低下頭，坦然的說：「我只是想像一般人一樣，而那些人並不知道我生病，他們會生氣很正常……」

陳家輝聽到他這番話，難以置信他的年紀比她還小一歲……

「李子，你好懂事。」

「因為爸爸媽媽說要將心比心，不希望別人怎麼對待我，我就不要那樣對待別人……」他頓了頓，有些煩惱的低下頭。「不過他們現在一定很生氣，因為我偷偷跑掉，又沒告訴他們我要去哪裡……」

「你不是說你們要去動物園嗎?他們會不會在動物園等你?」

「我不知道，其實今天是我跟桃子妹妹的生日，那是我們的生日禮物……」

「真的嗎？生日快樂！」陳家輝開心的說：「你想要什麼生日禮物，我送你！」

「不用了，妳願意陪我一起進電影院看電影，我已經非常滿足。」他感激的說。

「那你還有什麼想做的事嗎？」

「我……」李子扭動身子，有些害臊。「妳有手機嗎？」

「有。」

「可不可以借我打一通電話？」

35 化解危機

忠孝復興站到了。

戴棒球帽的壞蛋叔叔緊緊摟著阿威的肩膀，讓他想跑也跑不了。

他們混雜在眾多人潮中，往那座很長的電扶梯移動。

「小鬼，要是你敢輕舉妄動，別怪叔叔對你不客氣。」他在他耳邊低聲威脅。

阿威很害怕，但想到有人正暗地裡要幫助他，他努力壓下恐懼，不可以露出馬腳，按照壞蛋叔叔的要求做，打算伺機而動。

從這站下車的乘客非常多，他從眼角偷瞄到那個綁馬尾的女生和她的同伴也一起下車了，心裡很開心。

來到那座長長的電扶梯前，阿威站在前面，壞蛋叔叔站在他身後，一手按著他的肩膀，另一隻手裡藏著刀子，抵住他的後背部。

這一邊的電扶梯正往下走，另一邊則是往上走，好多好多的人流，明明只是幾秒鐘的路程，感覺好漫長，彷彿永無止盡。

「叔叔，我們要去哪裡？」他小聲問。

「等一下你就知道了。」壞蛋叔叔不露口風。

終於走完那座電扶梯，阿威還以為壞蛋叔叔要帶他去搭板南線，結

果他卻帶著他走到一號和五號出口，一起出去捷運站。

阿威又看到那個在南港展覽館站等他們的叔叔，此刻他在五號出口那邊等候，又比他們早一步。

「小鬼，把背包交給那個叔叔，這次你敢亂跑，我就宰了你。」壞蛋叔叔在他耳邊撂狠話，還用刀子在他的背部劃一下，好痛！

壞蛋叔叔停在一號出口這邊，要他獨自往五號出口移動。

阿威忍痛慢慢往前走，雖然他現在是一個人，壞蛋叔叔仍躲在暗處觀察他。

怎麼辦？好想逃跑……

五號出口的那個叔叔目露凶光，比手勢要他動作快一點，把東西交給他，阿威不敢多想，來到他面前，脫下運動背包，交給他。

那個叔叔幾乎是用搶的，一把拿走背包，還打開開口確認裡面的東西。

「你可以滾了。」他輕蔑的說，看都不看他一眼。

阿威才跑開幾步，突然聽見嗶嗶嗶的吹哨聲。

「不要動，警察。」

阿威真的不敢動，僵在當場。

接下來，好像在看電影一樣，他看見捷運警察隊以及捷運保全通通出動，從四面八方包圍，圍捕那個拿走背包的叔叔。

戴棒球帽的壞蛋叔叔躲在暗處，一看情況不對，想跑，結果警察早已埋伏在出口處，直接堵住他的去路，逮捕他。

阿威的腦袋一團混亂，不敢確認眼前是真是假，好像在做夢喔。

這時，他看到那個馬尾女生和她身邊那個戴眼鏡的男生一起走向他。

「你沒事吧？」她關心的問。

阿威說不出話。

「你不用擔心，警察已經抓到壞人，你安全了，他不會傷害你的。」戴眼鏡的男生笑著說。

阿威終於有種自己沒事了的真實感，他的心情一放鬆，雙腿發軟，差點站不住。

「謝謝……」他的眼眶泛紅，感激的說。

他現在好想見到爸爸媽媽喔。

真心話

36

忠孝復興站

「小朋友，謝謝你們的協助，現在壞人已經都被抓住了，他們不會再傷害你們了。」

桃子、林宇辰跟阿威被一群大人包圍住，包括捷運的站務人員、警察隊和保全，甚至還有路人圍觀。

他們一起安撫桃子他們的心情，告訴他們壞人已經被「人贓俱獲」，當場逮捕，他們都安全了。

「警察叔叔，請問運動背包裡的東西是什麼？」阿威好奇的問。

「那些是毒咖啡包。」警察叔叔進一步提醒他們。「是一種非常糟糕的東西，千萬別碰喔。」

毒咖啡包……那就是毒品了，桃子想起學校老師平常殷切的教導他們毒品有多傷身體，是有害的東西，會毀掉他們的人生……不過她從未親眼見過，今天算是開眼界了。

警察叔叔歸還阿威的手機，已經跟他的爸爸媽媽聯繫上，準備帶他去找他們，而林宇辰則要繼續搭乘文湖線捷運去動物園找他爸爸，桃子都跟他們交換了彼此的 line。

桃子和他們分開後，上傳了一張警察叔叔抓到壞人的照片到社交空間，分享出去，並且感謝所有人的協助，那個男生已經平安度過危機。

她才剛分享出去這個訊息，網友們的回應非常迅速，相當熱烈。

太好了，小朋友，你們真勇敢！

台灣的孩子都像你們這樣熱心嗎？果然台灣最美的風景是人！

加油，保持下去，好好長大，將來也要變成一個很棒的大人喔！

看到妳，我覺得這個世界還是很美好的，謝謝……

桃子看著這一串滿滿的回覆，胸口湧起一股熱流，眼睛酸酸的。

原來她還是會被看見的，她並不是透明的，而是被愛意和溫情包圍的……

桃子和爸爸媽媽聯絡上，發現他們剛好也搭車抵達忠孝復興站，原來是站務人員通知他們，貌似在這一站有人看到了符合李子哥哥的描述的孩子出沒，他們才緊急趕過來。

桃子搭長長的電扶梯到上一層的二號出口那邊跟爸媽會合。

他們正在跟站務人員溝通，根據監視器的畫面，李子確實曾經搭車到過這一站，之後轉搭板南線，不知道接下來去了哪一站，需要一站一站搜尋，要花上一點時間。

桃子的爸爸媽媽聽到站務員的解釋，頓時耐性全失，吵起來了，認為他們失職，沒有及時攔下李子。

「我們早就通知你們站方，我們跟兒子走失了，你們為什麼警覺心那麼差，沒有攔下他呢？」爸爸質疑。

「先生，不好意思，我們這一站的人流眾多，不可能一一去比對乘客，麻煩你們體諒……」捷運站方人員很客氣的回應。

即便聽到這些說明，並未澆熄桃子爸爸媽媽的怒火，甚至引來了捷運警察的注意，希望他們稍安勿躁，警方一定會幫忙找到人。

桃子再度被晾在一旁，但此時此刻她不想忍了。

她深刻體會到李子哥哥想要短暫自由的原因……如果她是被忽視的那一個，李子哥哥就是被爸爸媽媽緊緊管控的那一個，問題是爸爸媽媽絲毫未察覺到這樣做有什麼不對。

「爸爸，媽媽，你們不要吵了！為什麼你們不相信李子哥哥呢？他雖然生病了，可是他不是笨蛋，他知道自己在做什麼，他知道怎麼去動物園，他也知道怎麼回家……你們很累，李子哥哥一定也很累，誰都不想一直被當成病人……」

桃子第一次對爸爸媽媽說出真心話，這讓他們很震驚，沉默了好一會。

爸爸走上前，摸摸她的頭，微笑。

「桃子說的對，我們應該要放鬆一點，平常李子被管得很嚴，可能也需要一點喘息的機會，要是我是他，應該也受不了了……我們要相信李子，就算他遇到困難，也會有人願意幫助他……」

媽媽的眼眶泛紅。「也是，我們不可能永遠陪著李子，不可能永遠保護他，不可能一直把他綁在身邊，他不可能永遠不受傷……」

爸爸過來抱住媽媽，拍拍她的肩膀。「我們只要盡力提供他一個溫暖的家就好了，讓他知道，受傷了有地方可以去，我們永遠是家人……」

媽媽點點頭，窩在爸爸的肩頭低聲啜泣。

這時，媽媽的手機響起，是一通陌生來電。

文湖線

助人的感覺真好。

林宇辰和桃子、阿威道別後，獨自去搭捷運前往動物園。

他站在車廂內一隅，腦袋仍不斷回放剛才親眼目睹的情景，光是回想，心臟就緊張得怦怦亂跳，好刺激喔！

警察叔叔圍捕壞人，將他們一網打盡，人贓俱獲，真是太帥氣了！這比在遊戲裡打怪更有趣！

對了，林宇辰這才想起應該到遊戲裡跟三個盟友道謝。

他登入遊戲時，娜姐他們三人正好解完任務，正聚在一起聊天，看到林宇辰上線，主動過來關心他。

「怎麼樣？事情解決了嗎？」娜姐第一個開口問他。

「還是搞錯了？那就太糗了……」尼采調侃道。

「應該是解決了……我查了一下，有人拍下警察在捷運站逮捕現行犯的影片，上傳到網路……薩比，你是那個戴眼鏡的男生嗎？身邊還有一個綁馬尾的女生？」雲爹直接問道。

「什麼!?你身邊還有個馬尾妹妹？真假？」尼采知道了以後好激動。

「她是我的朋友啦。」林宇辰趕緊解釋。

「難怪那麼積極要我們幫忙，原來是一個那麼可愛的朋友啊……」娜姐開玩笑的說。

林宇辰覺得好糗喔，跟他們道謝之後，隨即離開遊戲了。

回到現實以後，他忍不住在網路上搜尋影片，還真的找到了一段十分鐘左右的影片，除了拍到警察抓壞人的影像，也拍到了他跟桃子還有阿威站在一邊，警察跟他們說話的片段……

等一下把這段影片傳給桃子跟阿威，他們應該也想看。

然後，他想到要去動物園跟爸爸見面這件事。

爸爸剛剛傳了好幾條訊息給他，問他為什麼這麼久還沒到，是不是出事了？似乎很著急……

林宇辰想了想，決定跟爸爸說真心話。

他知道爸爸很關心他，可是他其實並不想跟他們一起去逛動物園，也許找個餐廳聚餐就好了，他並不想打擾爸爸的新家庭……

林宇辰下定決心後，開始迅速的打字。

爸爸，我不想去動物園，我想，我們等等找個地方，一起吃飯就好了……

西門町

陳家輝和李子在一家冰店裡合吃一碗芒果冰。

李子不發病的時候，其實跟一般的孩子沒兩樣，而且他很聰明，記憶力極佳，幾乎可說是過目不忘。

他分享很多在網路上看到的動物趣味知識，陳家輝則跟他玩一些有關動物的猜謎。

「要把一隻大象關進冰箱裡，需要幾個步驟？」

李子想了想，說：「三個吧，第一先打開冰箱門，然後把大象放進去，最後再把冰箱門關起來。」

陳家輝點頭，說：「沒錯，那要把長頸鹿關進冰箱，需要幾個步驟呢？」

李子皺眉頭。「應該還是三個步驟吧。」

陳家輝搖搖頭，說：「不對，是四個步驟喔，第一先打開冰箱門，接著把大象拿出來，然後再把長頸鹿放進去，最後把冰箱門關起來。」

李子歪著頭思考，笑出來了。

他們就這樣輕鬆的聊天，陳家輝還拿出手機，讓他看她家兩隻可愛寵物的照片。

李子看到皮皮，興奮的叫出聲。「皮皮好可愛。」

「嗯，而且牠很活潑好動，又很會撒嬌，我家早餐店的客人最喜歡逗弄牠。」

竅。

陳家輝還跟他說做飯糰的祕訣，分享要怎麼做出好吃美味的飯糰訣

「真想吃吃看。」李子說。

「下次，我做一個飯糰帶給你吃。」

「下次？」

「我們是朋友，下次再約出來玩啊……就去動物園吧，今天沒去成，下次我們一起去，怎麼樣？」

陳家輝發現，如果是跟李子同行，她也不討厭去動物園玩了。

李子開心的點頭，答應了。

他們吃完芒果冰之後，並肩走向捷運西門站的六號出口。

剛才李子跟陳家輝借了手機，打一通電話給爸媽，告知他們現在他人在西門町，然後約在捷運站會合，他們會過來找他。

「爸爸媽媽一定很生氣吧……」李子擔心的說著。

「沒關係，我會陪著你一起挨罵。」陳家輝笑著說。

李子深深凝望著她，「謝謝。」他握住她的手說。

李子的手和她的手差不多大小，暖暖的又軟軟的，她可以感受到他傳遞過來的真心誠意。

陳家輝也想謝謝他，因為他的關係，她終於體會到媽媽對她說的「學會接受他人的善意」的真諦。

樂於助人，同時也要敞開心胸去接受他人的好意，這就是善的循環。

六號出口就在前方，李子的家人會在那裡等他嗎？

台北車站

捷運的站務人員帶著阿威抵達台北車站，他的家人正在那裡等他。

出乎意料的，不只媽媽在那裡，竟然連他爸爸也特地請假趕過來，滿臉焦慮的神情。

阿威不敢相信，平常他爸爸總是早出晚歸、忙著工作，竟然會特地為了他的事情請假……阿威的心情很複雜，原來爸爸這麼在乎他，可是他現在一定很生氣，怎麼辦？

「阿威！」媽媽一看到他，立刻衝過來抱住他。「你跑去哪裡？為什麼不接電話？你知不知道爸爸媽媽有多擔心你？」

「對不起。」阿威低著頭，小聲說。

爸爸沒說什麼，先跟捷運的站務人員致謝。

「鄭先生，你們的兒子很勇敢……」站務人員詳述起剛才在忠孝復興站所發生的事情，而阿威的爸爸媽媽一邊聽，露出難以置信的表情。

「警察說，他們會再跟你兒子聯絡，到時候請你們陪他去警察局做筆錄，協助辦案。」站務人員又說。

「好，警方有任何需要幫忙的地方，我們都會配合。」

阿威的爸爸再次跟站務人員道謝，這才帶著阿威離開。

阿威不敢看爸爸。

「阿威，抬頭看爸爸。」爸爸頗有威嚴的說。

阿威怯怯的抬起頭看他。

「剛才那個叔叔說的話，是真的嗎？你真的碰上那些事情？」他問。

「對。」阿威點頭。

「老天，竟然碰上毒販，還被歹徒用刀子威脅……」媽媽差點要昏倒。

「幸好有人幫忙我，我才能脫困。」阿威補充桃子跟林宇辰所做的事情。

爸爸直直看著他。「所以，如果沒有他們插手幫忙，你要怎麼辦？」

阿威沉默以對，他不敢想像，要是沒有桃子跟林宇辰幫忙他，他會有什麼樣的下場……

「有學到教訓了嗎？」爸爸又問他。

阿威點頭。

「讓爸爸媽媽這麼擔心你，有比較開心嗎？」

「我只是……」

「你就這麼想去淡水？」媽媽忍不住插話，爸爸則阻止她。

「這件事是我們不對，我們答應過他，就應該先遵守諾言，可是，阿威，就算跟爸爸媽媽生氣，也不能就這樣亂跑，懂嗎？」

「我懂了。」

爸爸微微一笑，摸摸他的頭。「阿威，爸爸媽媽並不是不聽你說話，想要什麼，要清楚說出來，要讓爸爸媽媽知道你心裡真正的想法，而不是自己生悶氣，然後一聲不響跑掉……你想要什麼？不想補習？」

「我想……我只是想要全家人一起出來玩嘛……」阿威委屈的說，爸爸媽媽聽了，無奈的對視，苦笑。

「好吧，現在去淡水也不算太晚，反正都已經請假了……」

阿威聽到爸爸這麼說，眼睛裡瞬間滿溢著燦爛的幸福光芒。

37 團聚

西門町

桃子的爸爸媽媽接到李子哥哥打來的電話後，約好在捷運西門站的六號出口會合，接著便立刻搭乘捷運趕到西門町。

想不到李子哥哥真正想去的地方竟然是西門町，桃子懷抱著複雜的心情跟著爸爸媽媽一起過來。

途中，桃子接到好多朋友們傳來的訊息，原來他們都看到網路上流傳的影片，紛紛好奇發生了什麼事，桃子一時不知道如何解釋，只好先回覆他們，她現在跟家人在一起，晚一點再回他們。

要怎麼描述今天的「冒險」呢？桃子總覺得難以言喻，只有親身經歷的人才能體會吧。

她最大的感想就是，助人的感覺真好。

「李子不知道跟誰在一起？」媽媽擔心的說。

「既然是李子的朋友，一定也是個好孩子，」爸爸笑著說：「我們要相信李子。」

媽媽回他一抹強笑，眼裡仍有憂慮。

「爸爸！媽媽！桃子！」李子朝他們跑過來，還開心的揮手。「我剛才去電影院看電影耶！」李子興奮的和家人們分享在西門町的遊歷，一打開話匣子就停不下來。

桃子看到一個留著短髮、高高瘦瘦的女生跟著李子哥哥一起走過來，她臉上掛著恬淡的神情，給人的感覺很舒服。

「你們好，我叫陳家輝，是家族的光輝的意思。」她禮貌的自我介紹。

「家輝是我的朋友，我們已經約好下次要一起去動物園玩。」

「這樣啊……那爸爸媽媽就不用陪你一起去動物園了？」爸爸開玩笑的說。

「對啊，我們兩個一起去玩就好了。」李子一副理所當然的口氣說，大家哈哈大笑，氣氛溫馨。

桃子默默站在一旁，凝望著眼前的情景，心裡竟有些感動。

這時，她的手機響起，是林宇辰和阿威同時傳訊息給她。

阿威傳了一則兩分鐘左右的短影片給她，原來他跟他的爸爸媽媽正在淡水老街逛著，好像很嗨，而林宇辰則傳了一張照片給她，是他跟他爸爸在餐廳吃飯的合照。

桃子微笑看著這些訊息，心頭暖洋洋的，想著，現在換我了。

她愉快的走向家人們，舉起手機，說：「我們一起拍照吧。」

導讀

遊戲或針砭，紛擾或共融

——《台北捷運冒險記》多元網絡的穿梭與運行

中華民國兒童文學學會理事長　許建崑

從外地初來台北的朋友，一定會被錯綜複雜的捷運系統給搞暈了，可是對於長期居住台北的人，進出捷運站完全是直覺式反射動作，毫無違礙。

本書作者選擇以「台北捷運」為背景，又以「冒險」為能事，乍看是情節小說，帶領讀者穿梭大台北，尋新探奇，以娛樂為務。細究下來，卻是一本充滿「設計」的小說，指向虛擬網絡世代多向的思考：核心價值的堅持與去中心化的思維並置，因此教養與放任、限制與自由、紀律與越界、服從與反抗、集眾力量與個人意志、在地化與國際化、普遍性與特殊性、對稱與歧異、統一與游離……所有看似矛盾的思考，都標誌著「後現代」的一體與碎裂。

先談故事的軸線，有四個家庭的五個孩子，先後上了捷運。第一個家庭的父母都擔任教職，帶著孿生兄妹李子、桃子要去動物園慶生。他們對患有妥瑞氏症的李子照顧有加，可是對桃子卻極端忽視，甚至把「看緊哥哥」的責任強壓其身。第二個家庭父母離異，相互中傷，並且各自巴結孩子林宇辰。林宇辰在周末必須赴動物園參加父親新家庭的聚會，不情願的上了捷運，馬上又潛入電玩世界。第三個家庭父母忙於早餐店，女兒陳家輝每天要幫忙店務，她聽從父母吩咐，勤儉努力，不玩手機，能自我期許，只因店裡的常客送了一張入園券，基於補償心理，母親執意她去動物園逛逛。第四個家庭父親忙於業務，母親嚴加控管孩子阿威，完全以課業、前途為重，阿威受不了壓力，因此跳上反向的車子，出逃淡水。

讓我們在川流的人潮中，跟上故事的四組人物。有父母相陪的李子、桃子要上板南藍線了；林宇辰早已在信義松山綠線來回蹉跎；阿威生媽媽的氣，獨自跳上象山淡水紅線；而陳家輝要到第十五章才會上文湖棕線。前十七章，四組人物完全不相干，走在平行的宇宙中。陰錯陽差，他們卻都匯流到南港展覽館站，轉搭文湖線。先是李子蓄意出走，父母和桃子只好下車分開找人。結果，李子搭了下班車，從桃子面前疾駛而過；桃子趕快再搭下班，去追趕哥哥。他們之中一人要與陳家輝雙線交叉；而另一人要遇見林宇辰以及被歹徒脅迫的阿威，完成三線交叉。把木柵動物園拋了吧，踏進西門町，去尋找自由與自信；或者努力去拯救人質，利用手機，完成一次科技救援，來證明自己存在的價值吧。故事收尾，從懸疑、緊張、詭譎的氣氛中，轉成溫馨感人的家庭大和解。讀者可以在錯綜複雜的故事中沉澱下來，分享喜極而泣的心情，或者反求諸己，重新去思考自己與家人的定位。

在這紛雜的城市環境中，進行緊張刺激的「穿越」，看似沒有重大議題，卻不知作者「棉裡藏針」。選擇「台北」，展現在地化的關注；然而「兒童教養權」、「動物權」的主張，卻又是國際化議題。不僅是台灣，全世界各國也都淪落於「家庭解構、少子化、網路串流、人際疏離」的窘境。

一般的小說家試圖「以假作真」，刻畫一個如假包換的「偽世界」；而本書作者「以真作假」，他剪輯社會上的新聞事件，寫入小說，似乎宣言：「這是我虛擬的故事，請不要當真」。然則，作者安排李子從google中，所獲悉有限的生物知識，談論著：河馬水中閉氣的時間、蝙蝠眼睛的功能、蚊子叮咬酸性體質的人、杜鵑會偷換蛋讓別人孵養，看似不經意，卻在在暗喻父母的功能不彰，以及預示著主人翁即將發起「叛變」。作者不是從一個孩子身上，而是五個孩子，來窺看台灣甚或是全世界各種不同的家庭教養方式，帶給孩子壓力，隱伏著家庭碎裂的風暴，而身為父母者卻習而未察。

又如林宇辰化名「摩洛哥．舒潔．薩比大魔王」，玩「魔王和奴隸」的戰爭遊戲，他結合其他玩家「蒙娜麗殺」、「尼采很遜」、「趙雲他爹」等人，才能打敗「魔王」。這個「魔王」指涉社會、父母為代表的威權者，而他或許也將成為未來的「魔王」。再從「電玩遊戲」被汙名化為無聊、殺時間的玩物，然而發覺歹徒脅迫阿威的當下，卻發揮了「社交空間」守望相助的效果，得到同車同型手機的旅客伸出援手，又令人讚嘆不已。到底「玩」手機有沒有好處？作者不再執著於既定的是非、善惡、對錯等二分概念。

你瞧，陳家輝喜歡動物，並立志當獸醫的人，反而不喜歡去動物園。因為她想：「把動物關在動物園，人對待動物的態度是不對的」；「吃比食物重要，動物錯吃食物可能喪命」，小狗不宜吃人類的剩菜；

同理，用積非成是的方法教養小孩，小孩恐怕會「掛掉」。「真愛狗，要了解狗的本性」；同理，真愛孩子，也要瞭解孩子的本性。故事裡還有許多隱喻、金句與彩蛋，請讀者自行發掘，就不一一羅列了。

總而言之，這本書構建了交通網、手機網、社交網、親情網，孩子們從傳統的教養中勇敢的跨越代溝，在挫折中找到了表達意見的方法。試問，誰可以單獨在「魔王和奴隸」的電玩中，脫穎完勝？孩子們的歸屬，不會是「動物園」，當然也不會永遠停駐在「西門町」，總會找到自己安身立命的地方。在現代社會中，所有的戒律、禁忌都被打破了，真假、是非、對錯，沒有絕對值可言，不管是父母或者孩子，都得重新認識這個變動的社會，也應該學習包容、共融與溝通的人生態度。

九　歌　少　兒　書　房　2　9　8

台北捷運冒險記

國家圖書館出版品預行編目 (CIP) 資料

台北捷運冒險記 / 曾佩玉著 ; 吳嘉鴻圖 . -- 初版 . -- 臺北市 :
九歌出版社有限公司 , 2023.12
面 ;　公分 . -- (九歌少兒書房 ; 298)
ISBN 978-986-450-622-4(平裝)
863.596　　112018160

作　者——曾佩玉
繪　者——吳嘉鴻
責任編輯——鍾欣純
創 辦 人——蔡文甫
發 行 人——蔡澤玉
出　版——九歌出版社有限公司
臺北市 105 八德路 3 段 12 巷 57 弄 40 號
電話／02-25776564・傳真／02-25789205
郵政劃撥／0112295-1

九歌文學網　www.chiuko.com.tw

印　刷——晨捷印製股份有限公司
法律顧問——龍躍天律師 ・ 蕭雄淋律師 ・ 董安丹律師
初　版——2023 年 12 月
定　價——320 元
書　號——0170293
I S B N——978-986-450-622-4
9789864506217（PDF）